JOCHEN **SCHROPP**

QUEER
AS F*CK

echt EMF

JOCHEN **SCHROPP**

QUEER AS F*CK

Selbstbestimmung, Sex und Sichtbarkeit – ***und warum ihr nicht so tolerant seid, wie ihr denkt***

echt EMF

Die Namen mancher in diesem Buch erwähnten Personen wurden zu ihrem Schutz geändert.

FSC
www.fsc.org
MIX
Papier aus verantwortungsvollen Quellen
FSC® C145070

echtEMF ist eine Marke der Edition Michael Fischer

1. Auflage

Donnersbergstr. 7, 86859 Igling

Covergestaltung: Michaela Zander,
unter Verwendung eines Fotos von Julian Essink
Text: Jan Wehn
Redaktion: Alina Rothmeier
Satz: Michaela Zander
Gedruckt bei GGP Media GmbH, Karl-Marx-Str. 24, 07381 Pößneck

ISBN 978-3-7459-1087-2

www.emf-verlag.de

Für Birthe und Norman
und alle anderen besten Freunde.

INHALT

VORWORT

Eigentlich sollte das hier mal ein Kochbuch werden. Denn nachdem ich 2020 den ersten Platz bei der deutschen Ausgabe von »Master Chef Celebrity« belegte, einige Jahre zuvor schon die »Promi Küchenschlacht« gewonnen hatte und eine Zeit lang das Format »Grill den Henssler« moderieren durfte, bekam ich die Anfrage, ob ich nicht Lust hätte, meine liebsten Rezepte für ein Kochbuch zusammenzustellen. Natürlich fühlte ich mich als leidenschaftlicher Hobbykoch geschmeichelt.

Aber gleichzeitig war da noch ein anderer Gedanke. Einer, der so gar nichts mit Kochen zu tun hatte. In den letzten Jahren bestärkte sich in mir der Wunsch, meinen Bedürfnissen und daraus resultierenden Handlungen mehr auf den Grund zu gehen. Warum bin ich zu dem Menschen geworden, der ich bin? Was hält mich zurück? Und was treibt mich an?

Die mir empfohlene Literatur zu Themen wie sexueller Identität und auch queerer Geschichte, die mich ansprach – wie etwa »The Velvet Rage« von Alan Downs oder »The Straight Jacket« von Matthew Todd –, war ausschließlich von englischsprachigen Schriftsteller*innen, deren Bücher bisher noch nicht ins Deutsche übersetzt wurden.

Lektüre auf Deutsch? Fehlanzeige. Also beschloss ich, selbst einen Ratgeber zu schreiben, der mir damals beim Finden meiner sexuellen Identität fehlte, weil es ihn so auf dem deutschen Markt noch nicht gab.

Dabei war mir allerdings von Anfang an wichtig, nicht nur aus dem eigenen Erfahrungsschatz zu schöpfen, sondern mir professionelle Expertinnenhilfe dazu zu holen. Klar, ich bin schwul, aber trotzdem ja nicht allwissend, was die Masse an LGBTQIA*-Themen betrifft. Deshalb habe ich mich für den Schreibprozess mit Miriam Junge zusammengetan. Sie ist Diplom-Psychologin und Psychotherapeutin, eine gute Freundin und hat jede Menge wertvolle Tipps für so ziemlich jede queere Lebenslage parat.

Einige Themen sind für mich selbst nämlich auch noch »Work in progress«. Daher bin ich genauso gespannt, was ich während des Schreibens alles dazulernen kann. Schließlich möchte auch ich mich stets weiterentwickeln. Ach ja: Wenn Miriam in ihren Passagen von »Wir« spricht, dann liegt das daran, dass sie genau wie ich auch zur LGBTQIA*-Community gehört.

An dieser Stelle noch ein kurzer Hinweis beziehungsweise eine Triggerwarnung: In meinem Buch geht es ab und an um Depressionen, Suizidgedanken, Sucht und Sex. Wenn diese Themen anstößig, verstörend, belastend oder retraumatisierend auf dich wirken könnten, überlege dir, ob und in welchen Momenten du dieses Buch lesen möchtest, oder tu das mit jemandem zusammen, der dich dabei unterstützen kann.

Mit dem Buch will ich und wollen wir in allererster Linie Mut machen und gedankliche Türen öffnen. Für dich, für mich, für uns und einfach alle – homo oder hetero! »Queer as f*ck«

ist ein wertvoller Leitfaden. Ein Zusammenspiel aus eigenen Erfahrungen, aber auch den Ratschlägen von Miriam.

Vielleicht hilft er dir bei deinem Outing. Vielleicht hilft er dir aber auch, deinen schwulen Freund besser zu verstehen oder dein Kind in seiner Identitätsfindung zu begleiten.

Egal in welcher Situation du dich befindest oder aus welcher Intention heraus du dieses Buch lesen möchtest, eines ist klar: Dieser Ratgeber soll uns alle lehren, dass »Anderssein« in keinem Fall etwas Schlechtes ist! Und überhaupt – wer gibt eigentlich vor, was »anders« oder »normal« ist?

Auch wenn es also kein Kochbuch ist, dann sind es doch Rezepte von Miriam und mir, für ein queeres und glückliches Leben. Ich freue mich, diese Reise gemeinsam mit dir und Miriam zu beginnen – und das Kochbuch kommt dann sicher auch noch irgendwann.

Dein Jochen*

QUEER AS F*CK

QUEER AS F*CK

OUTING

QUEER AS F*CK

MUSS MAN SICH ÜBERHAUPT NOCH **OUTEN**?

ZWISCHEN SELBSTZWEIFELN UND HALTUNG

»Ich wusste schon mit vier, dass ich schwul bin!«, antwortete ich vor ein paar Jahren mal in einem Interview auf die Frage, wann ich denn ein Gefühl dafür hatte, dass ich auf Männer stehe. Ich muss sagen, dass ich gar nicht mehr so genau weiß, ob ich das wirklich schon in dem Alter umreißen und begreifen konnte. Aber möglich wäre es schon.

Schließlich machten meine Familie und ich in den Achtzigern oft Urlaub auf der Nordseeinsel Texel. Wir verbrachten meist einen Großteil des Tages am Strand. Wenn ich zwischendurch mal pinkeln musste, schlich ich mich dafür in die Dünen. Oft blieb ich anschließend noch eine Weile dort und beobachtete heimlich den dahinterliegenden Strandabschnitt, in dem sich ausschließlich Männer aufhielten. Zufälligerweise befand sich der »Schwulenstrand« wohl oberhalb unseres Lieblingsplatzes am Meer. Für mich hatte das damals noch überhaupt nichts Sexuelles, aber rückblickend wurde mir klar, dass ich Männer schon immer körperlich anziehender fand als Frauen.

Schon krass, dass ich dafür offensichtlich bereits als Vierjähriger ein Gespür entwickelt habe – auch wenn ich es damals natürlich nicht einordnen konnte.

Was ich hingegen in diesem Alter bereits wusste: Ich wollte gerne mit Puppen spielen. Ich hatte acht Barbies, außerdem Skipper (Barbies jüngere Schwester) und Ken, den Mann von Barbie. Ich war wahnsinnig stolz auf meine Puppensammlung und hegte und pflegte sie so gut ich konnte, während die Barbiepuppen meiner Schwester aussahen, als ob sie gerade aus dem Krieg zurückgekehrt wären.

Mein größter Stolz war allerdings Yvonne. Eine Puppe, die ich überallhin mitnahm und mit der ich auch auf Fotos posierte. Yvonne ist übrigens auch für den Titel des Podcasts »Yvonne & Berner« verantwortlich, den ich mit Felicia Mutterer moderiere. Ich liebte meine Puppe, Felicia wollte gerne ein Junge sein und nannte sich, in Anlehnung an ihre beiden Lieblingsmännervornamen Bernhard und Werner, kurzerhand Berner. Aber das nur am Rande.

Ich schämte mich nicht, wenn ich mit meinen Puppen spielte, sie frisierte und schminkte, aber ich spürte doch, dass es nicht das war, was sich für einen Jungen in meinem Alter gehörte. Dass mir das allerdings Probleme bereiten könnte, merkte ich erst in meiner Teenagerzeit, als ich immer öfter gehänselt wurde. Ich stelle mir noch heute manchmal die Frage, warum das eigentlich passierte. Natürlich hatte ich Freundinnen, mit denen ich sehr viel Zeit verbrachte – und die Jungs waren deshalb eben ein bisschen eifersüchtig, weil sie in die Mädchen verliebt waren, mit denen ich mich so gut verstand.

Nicht selten wurde ich deshalb auch beschimpft. Mal rief man mir Worte wie »Schwuchtel« hinterher, dann hieß es, dass ich bestimmt selbst ein Mädchen sei. Dabei schwang immer mit: Männer haben nur Männer als Freunde und stehen auf Frauen. Alles andere war unnatürlich und durch und durch mit Negativität behaftet.

DAS **PROBLEM** MIT **TOXISCHER MÄNNLICHKEIT**

Mir waren solche scheinbaren Grundsätze von klein auf fremd. Vermutlich auch deshalb, weil mein Vater nicht unbedingt dem typischen Männlichkeitsbild entsprach. Er nahm mich gerne in den Arm und kochte und putzte zu Hause ganz selbstverständlich. Aber wenn ich Freunde besuchte oder auf Kindergeburtstagen eingeladen war, musste ich immer wieder feststellen, dass er die Ausnahme war.

Wenn die Väter meiner Freund*innen von der Arbeit nach Hause kamen, herrschte gleich eine andere Stimmung. Sie waren oft schlecht gelaunt, legten die Füße hoch und ließen sich ein Bier bringen, beschwerten sich darüber, wie laut wir waren, und klopften einen dummen Spruch nach dem anderen. Allesamt Dinge, die ich so nicht von zu Hause kannte. Fürsorge oder Zärtlichkeit? Fehlanzeige.

Sobald ich ein derartiges Verhalten mitbekam, wurde mir ganz unwohl. Diese Art von Männlichkeit jagte mir eine ungemeine Angst ein und ich bekam sofort Bauchschmerzen. Nicht selten ließ ich mich kurz darauf von meinen Eltern abholen.

Erst Jahre später verstand ich, dass das, was mir so große Probleme bereitet hatte, als toxische Männlichkeit bezeichnet wird. In den letzten Jahren hört man diese Bezeichnung immer öfter. Aber was heißt toxische Männlichkeit eigentlich genau?

Der Begriff beschreibt falsche Vorstellungen davon, wie sich Personen zu verhalten und zu fühlen haben, um in der Gesellschaft als männlich akzeptiert zu werden. Das bedeutet: nie Schwäche zeigen oder um Hilfe fragen, bloß nicht sensibel sein und keine Fehler zugeben. Stattdessen immer stark und rational agieren und natürlich sexuell allzeit bereit sein. Fleisch statt Gemüse, Fußball statt Pilates. Und so weiter und so fort.

Toxische Männlichkeit ist Gift. Für alle. Auch für Männer selbst. Denn sie leiden unter diesen Einschränkungen in Form von Depressionen, höheren Alkoholismusraten oder anderen Selbstgefährdungen. Dabei sind Männer komplexe Wesen. Mit unterschiedlichsten Gefühlen und Bedürfnissen. Männer sind Menschen! Sie dürfen weinen, sie dürfen Schwäche zeigen, sie dürfen auch keine Lust auf Sex haben und lieber kuscheln wollen. Sie dürfen sich die Nägel lackieren, Salat essen, Gewichtheben hassen und sich stattdessen lieber Synchronschwimmen ansehen. Und trotzdem sind sie ganze Männer! Denn Männlichkeit an sich ist nicht das Problem – sondern wie sie in der Gesellschaft definiert ist.

Auch auf mich färbte die toxische Männlichkeit der Väter meiner Freund*innen damals ab. Für mich stand gar nicht zur Diskussion, mich einfach so zu verhalten, wie ich mich eben fühlte, einfach ich selbst zu sein. Eine Zeit lang redete ich mir deshalb verzweifelt ein, dass ich bestimmt doch auf Frauen stehen würde, und versuchte, Frauen sexuell attraktiv zu finden.

Bis ich 14 oder 15 war, hatte ich deshalb auch noch regelmäßig Freundinnen.

Es war ja auch so: Ich hatte schon Liebesgefühle für Mädchen. Wenn ich mich recht erinnere, fand ich Schauspielerinnen wie Sandra Bullock oder Meg Ryan toll, während mich ihre Kollegen eigentlich gar nicht so sehr interessierten.

Homosexualität war für mich praktisch auch gar nicht sichtbar. In dem Dorf, in dem ich aufwuchs, gab es keine offen schwulen Männer. Bis auf den »schwulen Metzger« unseres Supermarkts, der immer nur flüsternd so genannt wurde, auch wenn es eigentlich niemand anderes hätte hören können. Das suggerierte mir wiederum, dass »schwul« kein Wort war, das man laut aussprach. Umso aufregender war es für mich natürlich, als ich mit 15 Jahren in Gießen zum ersten Mal zwei Händchen haltenden Männern begegnete. Stundenlang folgte ich dem Paar heimlich durch die Stadt und war ungemein fasziniert von ihnen – auch, weil sie so normal auf mich wirkten.

PARTY IN THE **USA**

Mit 16 ging ich für ein Jahr nach Amerika. Die zwölf Monate gaben mir ein Gefühl von Gemeinschaft und Freiheit. Ich schrieb für die Schülerzeitung, ich sang im Chor, ich spielte in Musicals und Theaterstücken mit. Mit einem Mal waren da ganz viele künstlerische Elemente in meinem Leben und mit ihnen natürlich auch ganz viele neue interessante Menschen – und nicht wenige von ihnen waren ganz selbstverständlich bi- oder homosexuell.

Zu sehen mit was für einer Unbekümmertheit dort Kreativität, Toleranz und gleichgeschlechtliche Beziehungen gelebt wurden, öffnete mir die Augen. In Deutschland war ich der einzige Schwule an meiner Schule – dachte ich zumindest. Ganz im Gegensatz zur Redwood High School, auf die meine amerikanischen Freund*innen gingen und auf der ich mein 11. Schuljahr verbrachte. Diese Menschen und die Selbstverständlichkeit, mit der sie durchs Leben gingen, kennenzulernen, gab mir wahnsinnig viel Kraft. Aber zurück in Deutschland fiel ich in ein Loch. Denn war ich in Amerika von all diesen tollen Leuten umgeben, hatte ich in Deutschland plötzlich niemanden mehr, dem ich mich anvertrauen konnte.

Aber ich suchte mir Verbündete. Nach meiner Rückkehr aus den USA zog nämlich gerade das Internet in bundesdeutschen Haushalten ein, und ich entdeckte die Welt der AOL-Chaträume. Irgendwann verschlug es mich auch in einen Gay-Chat. Dort lernte ich Dirk aus Frankfurt am Main kennen, der nur ein wenig älter war als ich. Nachdem wir eine Weile geschrieben hatten, verabredeten wir uns das erste Mal zum Essen. Und was sich in den stundenlangen Chats schon abzeichnete, bestätigte sich auch im echten Leben: Wir verstanden uns super.

Zwar war unsere Beziehung nicht sexuell, sondern rein freundschaftlich, aber er war derjenige, der mir zum ersten Mal die schwule Szene näherbrachte. Dirk nahm mich mit ins Frankfurter Nachtleben und zeigte mir queere Clubs wie das »L.O.F.T. House«. Die ehemalige Papierfabrik auf der Hanauer Landstraße war in den späten Neunzigern einer der Treffpunkte für queere Menschen. Auf drei Etagen erstreckten sich gleich mehrere Tanzflächen und Bars, es lief House-Musik, alles war bunt und fröhlich, aber nicht wie in Berlin, wo man beim Betreten eines Clubs manchmal meint, gleich einen Herzinfarkt zu bekommen, weil alles so überwältigend ist. In Frankfurt fühlte ich mich einfach wohl. All das zu sehen, war wahnsinnig aufregend, weil ich mit einem Mal merkte, dass ich nicht alleine war.

Mit 17 ging ich in meinen Sommerferien noch mal für sechs Wochen nach Amerika und verbrachte Zeit mit den Freund*innen, die ich ein Jahr zuvor kennengelernt hatte. Die meisten gingen mittlerweile aufs College und führten gleichgeschlechtliche Beziehungen – für mich der Beweis, dass auch das funktioniert.

ZURÜCK IN DEUTSCHLAND

Zurück in Deutschland outete ich mich noch am Frankfurter Flughafen bei meiner damaligen besten Freundin Verena. Sie war im gleichen Jahr wie ich selbst als Austauschschülerin in den USA. Diese gemeinsame Erfahrung hatte uns zusammengeschweißt. Sie freute sich sehr über meine Ehrlichkeit und fühlte sich geehrt, dass sie die Erste in Deutschland war, die ich einweihte.

Mir fiel ein Stein vom Herzen. Meine erste Vertraute! Nach und nach outete ich mich bei meinen engsten Freundinnen. Mich bei meinen Kumpels zu outen, bereitete mir Bauchschmerzen. Viele von ihnen waren, das brachte das Dorfleben so mit sich, Mitglied im Hand- oder Fußballverein – und der Umgang war, wie bei so vielen anderen männlich geprägten Sportarten, eher rau. Aber als ich ihnen offenbarte, dass ich auf Männer stehe, war das überhaupt kein Thema für sie. Einer der Jungs gratuliert mir bis heute jedes Jahr zum Geburtstag, obwohl wir uns schon Ewigkeiten nicht mehr gesehen haben. Das weiß ich sehr zu schätzen. Danke, Markus!

All diese Erfahrungen gaben mir den Mut, mich einige Monate nach meiner Rückkehr schließlich auch vor meinen Eltern und meiner Schwester zu outen. Ich hatte ohnehin schon immer ein sehr ehrliches Verhältnis zu meinen Eltern. Ich musste sie nie anlügen und selten etwas Verbotenes tun, weil sie mir sehr viele Freiräume ließen.

Aber als ich dann im tiefsten Winter bei Schneeregen und vereisten Straßen an den Wochenenden ständig die rund 70 Kilometer nach Frankfurt am Main fuhr, fragte meine Mutter mich irgendwann dann doch, ob das denn wirklich notwendig sei. Für sie war nicht ganz klar, warum ich nicht wie meine Schulfreund*innen auch zum Feiern ins benachbarte Gießen fuhr, sondern mitten in der Nacht diese langen und in ihren Augen zu dieser Jahreszeit gefährlichen Fahrten auf mich nahm.

Ich dachte mir Ausreden aus, zum Beispiel, dass Gießen mir zu klein und zu bürgerlich sei. Natürlich war das Quatsch, aber ich hatte einfach Angst davor, ihr zu sagen, dass der Grund für meine Wochenendausflüge eben meine Homosexualität sei. Nachdem es deswegen mehrfach zu Streitereien gekommen war, beschloss ich, ihnen den wahren Grund meiner Ausflüge in die Großstadt zu offenbaren.

Ich plante mein Vorhaben nicht lange. Nachdem es am Wochenende wieder mit meiner Mutter zu Diskussionen gekommen war, besprach ich in der Schule mit meiner besten Freundin das weitere Vorgehen. Auf dem Nachhauseweg spielte ich die Situation noch ein letztes Mal durch, dann ließ ich die Bombe beim Mittagessen platzen.

Es gab Lasagne und auch wenn ich die meiner Mutter zu meinen Lieblingsessen zählte, brachte ich keinen Bissen runter.

»Du isst ja gar nichts, geht's dir nicht gut?«, fragte meine Mutter irgendwann.

Erst druckste ich ein wenig herum, aber dann sagte ich einfach, was Sache war.

»Ich muss euch etwas sagen …

… Ich bin schwul.«

Meine Schwester war damals 15 und verstand noch gar nicht so richtig, was los war. Als ich es ihr später erklärte, fand sie es aber aufregend und spannend. Mein Vater sagte erst mal gar nichts. Meine Mutter schon.

»Wie, du bist schwul?«, fragte meine Mutter.

»Na ja, ich mag Jungs!«, sagte ich.

Ich war einerseits erleichtert, es endlich ausgesprochen zu haben, andererseits bebte mein ganzer Körper vor Aufregung. »Und deswegen fahren wir auch immer nach Frankfurt, weil wir da mit anderen schwulen und lesbischen Menschen feiern gehen. Da fühle ich mich verstanden.«

»Und wer erbt jetzt, wenn du keine Familie gründest?«, fragte meine Mutter.

Ich war verwirrt. Was hatte das denn jetzt mit meinem Schwulsein zu tun? Meine Mutter kann sich heute übrigens nicht mehr an den Satz erinnern. Mittlerweile kann ich diese Übersprungshandlung nachvollziehen. Ich hatte mich monatelang, wahrscheinlich unterbewusst sogar jahrelang, auf diesen Moment vorbereitet, während meine Eltern in diesem Augenblick das erste Mal von mir damit konfrontiert wurden.

»Was ist das denn für eine bescheuerte Frage. ›Wer erbt denn jetzt?‹ Papa ist Lehrer und du bist Arzthelferin, was haben wir denn groß zu vererben?«

Ich merkte, wie sich mir der Hals zuschnürte, und rannte auf mein Zimmer, Tränen der Enttäuschung in den Augen.

Für mich war diese Reaktion ihrerseits total absurd. Vielleicht muss man dazu sagen: Ich komme aus einer Mittelstandsfamilie. Meine Eltern hatten das Glück, dass sie ein Haus von meiner Großmutter mütterlicherseits geerbt hatten, weshalb bei meiner Mutter scheinbar der Gedanke aufkam, dass sie dieses Haus irgendwann auch mal an meine Schwester und mich weitergeben müssten.

Auch die Wochen danach waren schwierig. Meine Mutter machte mein Outing eher zu ihrer Sache. Ich hätte mich gefreut, wenn sie mich gefragt hätte, wie es mir nun damit geht. Aber für sie war in dem Moment wichtiger, ob und wem wir davon erzählen und was die Nachbarn sagen würden. Mich belastete und ärgerte das in dem Moment sehr, aber ich merkte auch, wie es in meiner Mutter arbeitete. Sie ging in die Buchhandlung, erklärte dort, dass ihr Sohn schwul sei, und bestellte sich Literatur von Eltern, meistens Müttern, deren Kinder sich ebenfalls geoutet hatten.

Anschließend stellte sie mir alle möglichen Fragen, die mich allerdings total überforderten. Denn vieles, was sie wissen wollte, hatte nichts mit mir zu tun, sondern bezog sich auf die Kinder der Mütter aus ihren Büchern. Zum Beispiel wollte sie wissen, ob ich mir denn zum Feiern nun auch Frauenkleider anziehen würde. Erst nach und nach verstand ich die Reaktionen meiner Eltern, die mit meinem Outing vor vollendete Tatsachen gestellt wurden.

Heute weiß ich, dass meine Mutter es nicht böse meinte. Ich hätte mir damals einfach mehr Empathie gewünscht, aber natürlich hatte auch meine Mutter bisher wenig Berührungspunkte mit dem Thema Homosexualität gehabt: Sie kam vom Land und wuchs in einem ganz kleinen hessischen Dorf in einem recht konservativen Elternhaus auf. Es wurde nur gearbeitet, insbesondere nach dem Zweiten Weltkrieg. Mein Opa war damit beschäftigt, ein Bekleidungsgeschäft aufzubauen, weshalb meine Mutter die meiste Zeit bei ihren Großeltern aufwuchs. Und von denen erfuhr sie natürlich schon mal gar nichts über gleichgeschlechtliche Liebe.

DER **SPÄTERE UMGANG** MIT **DEM OUTING**

Aber auch als meine Mutter älter wurde, änderte sich das nicht großartig. Ich hatte nicht das Gefühl, dass meine Eltern bis dato überhaupt jemals Kontakt zu anderen homosexuellen Menschen als dem erwähnten »schwulen Metzger« hatten. Und dass seine Sexualität hinter vorgehaltener Hand besprochen wurde, gab mir wieder das Gefühl, dass einfach falsch war, wie er zu sein schien.

Mit Sicherheit existiert dieses Problem vor allem in kleinen Städten und Gemeinden, wo jeder jeden kennt und es dementsprechend besonders wichtig ist, was andere Menschen über einen denken. Weil eben gerne getratscht wird. Genau das bekam ich nach meinem Outing auch zu spüren, als eine der ersten Fragen, die im Anschluss daran seitens meiner Mutter geklärt werden mussten, war: Was um alles in der Welt sollen die Nachbarn denken?!

Ich muss sagen: Es würde mir einfach nie in den Sinn kommen, mir darüber Gedanken zu machen, was genau die Nachbarn in dieser Situation denken – und das, obwohl ich glaube, schon ein sehr rücksichtsvoller Mensch zu sein, der viel Wert darauf legt, gut mit seinen Mitmenschen klarzukommen.

Genau deshalb ist es mir auch so wichtig, den jungen homosexuellen Menschen, die sich vor ihren Eltern outen, zu zeigen, dass dieses Outing auch für ihre Eltern eine komplett neue Situation sein kann – und dass man ihnen deshalb vielleicht etwas großherziger, gnädiger und geduldiger entgegenkommen sollte. Man kann ihnen nicht zum Vorwurf machen, dass sie all diese Gedanken, die wir schon jahrelang mit uns herumgetragen haben, kurzfristig überfordern. Andererseits haben deine Eltern noch lange nicht das Recht, dir ungefiltert Dinge an den Kopf zu werfen!

Wenn ich meine Mutter heute darauf anspreche, nimmt sie oft eine Verteidigungshaltung ein und sagt: »Das habe ich nie gesagt!« Ganz egal, ob es jetzt um mich und meine Sexualität oder andere Dinge geht – Wie soll man auf so einer Grundlage eine Diskussion führen?

In der Schule machte mein Outing natürlich auch nach und nach die Runde. Anders als in den frühen Teenagerjahren, in denen ich zeitweise mit dem Schimpfwort »Tunte« gemobbt wurde, wurde es nun von meinen Mitschülern akzeptiert. Oder anders: Es wurde einfach nicht thematisiert. Ich wurde weder blöd angemacht, noch hatte ich sonst irgendwelche Nachteile. Meine Schulfreundinnen erzählten stolz von den spaßigen Frankfurter Partys und den spannenden liebenswerten Menschen, die sie durch mich kennengelernt hatten. Ich war plötzlich einen Schritt weiter als meine Mitschüler*innen, die immer noch in die mittlerweile in meinen Augen piefigen Dorfdiskos gingen. Ich hatte mich emanzipiert, selbst befreit aus der Angst.

FRAGEN AN MIRIAM

Jochen: Miriam, Menschen der LGBTQIA*-Community müssen sich immer wieder aufs Neue outen. Warum ist das erste Outing das schwierigste?

Miriam: Beim ersten Outing ist die Angst vor Zurückweisung, vor Isolation und dem Gefühl, nicht mehr dazuzugehören, enorm groß. Aber wie bei fast allen Dingen im Leben ist es so, dass wir Dinge üben und wiederholen müssen, damit sie uns leichter fallen, bis sie dann irgendwann zu einer Gewohnheit werden und uns kaum mehr Mühe kosten – also automatisiert werden. Beim nächsten Mal geht es schon ein bisschen leichter – und je häufiger du dich outest, umso schneller wird es zu einer Gewohnheit. Die immer wieder stattfindenden Outings beeinflussen auch unsere innere Haltung, uns selbst mehr zu akzeptieren. Je öfter wir uns outen und Menschen dadurch an unserem Leben teilhaben lassen, desto sichtbarer werden wir und sorgen so auch für mehr Verständnis und Respekt bei unserem Gegenüber – und umso schneller schaffen wir eine Gesellschaft, in der wir so sein können, wie wir wollen.

Das stimmt, ich erzähle mittlerweile ganz selbstverständlich von meinem Partner, wenn ich neue Leute kennenlerne. Früher war ich da gehemmter. Gibt es denn irgendwas, was man beim Outing beachten könnte?

Ganz wichtig ist, dass die Angst beim Outing nicht die maßgebliche Beraterin ist. Denn sie ist es, die uns meistens davon abhält, unser wahres Ich zu entfalten. Stattdessen solltest du versuchen, dir deiner eigenen Bedürfnisse bewusst zu werden: Mache ich mir den Druck? Oder machen andere mir den Druck, mich outen zu müssen? Denn du entscheidest, was für dich richtig ist – und nicht andere. Deshalb darfst du auch den Weg für dein Outing wählen, der sich für dich am leichtesten anfühlt – ob das ein Brief, eine SMS oder ein Gespräch ist, ist völlig egal. Hier geht es um DEINE Bedürfnisse.

Das finde ich einen wertvollen Hinweis. Mir haben gerade im beruflichen Umfeld immer viel zu viele Menschen reingeredet, ob ich mich nun outen soll oder lieber doch nicht. Dabei hat jede*r aus den unterschiedlichsten Gründen ein anderes Tempo. Hast du denn einen Vorschlag, an wen man sich als erstes wenden sollte?

Auf jeden Fall solltest du dich an Personen wenden, bei denen du das Gefühl hast, dass sie dich nicht bewerten oder sogar abwerten: Das kann ein*e beste*r Freund*in sein, vielleicht aber auch ein Familienmitglied – eben Leute, in deren Gegenwart du dich sicher fühlst. Wenn es so jemanden in deinem direkten Umfeld nicht gibt, kannst du dich auch an Mitglieder der Community wenden. Hast du einen Menschen gefunden, dem du dich gerne anvertrauen möchtest, dann sollte das immer in dem Tempo geschehen, das dir selbst angenehm ist.

Wie geht man mit Ablehnung um?

Wenn du Angst hast, im Outing-Gespräch zurückgewiesen zu werden, solltest du deinem Gegenüber genau das mitteilen. Damit schaffst du bei ihm oder ihr schon eine Sensibilität und der- oder diejenige hält sich mit den eigenen Gefühlen etwas zurück. Klare Ich-Botschaften, wie du dich gerade fühlst oder was die Situation mit dir macht, erleichtern das Outing also sehr. Menschen, die sich outen, fühlen sich meist als eine Zumutung oder Überforderung. Deshalb ist es umso wichtiger, liebevoll mit sich selbst umzugehen. Denn wenn du das tust, ist es häufig so, dass auch andere Menschen liebevoller mit dir umgehen. So kann ein Gespräch auf Augenhöhe stattfinden. Vielleicht hilft es auch, wenn du dir bewusst machst, dass du nicht alleine bist. Es gibt immer auch andere Menschen, die sich ausgeschlossen fühlen oder das, was du gerade erlebst, schon durchgemacht haben.

Meine Eltern wussten offenbar nicht so recht, wie sie mit der neuen Information über meine sexuelle Orientierung umgehen sollen. Was können Eltern nach einem Outing im Umgang mit ihrem Kind beachten?

Eltern sollten ihrem Kind in dieser Situation unbedingt das Gefühl geben, dass elterliche Liebe bedingungslos ist und sie ihr Kind annehmen – ganz egal, was ist. Wichtig ist zudem, die eigenen Emotionen zurückzunehmen. Denn wenn sich dir dein Kind anvertraut, geht es nicht um deine Gefühle, sondern um die der Person, die sich gerade offenbart. Denn schließlich hat sich hier jemand gerade selbst entdeckt und sollte dafür geliebt werden. Am besten nimmst du die Situation erst mal an und dein Kind in den Arm. »Was brauchst du von mir?« ist eine gute Frage, die du stellen kannst. Falls das Outing deines Kindes Ängste in dir auslöst, lass dich am besten beraten – aber mach deine Erfahrungen oder Prägungen nicht zu denen deines Kindes. Es ist auch möglich vorzuschlagen, gemeinsam zu einer Beratung zu gehen. Oder zu sagen, dass du dich mit dem Thema noch gar nicht so auseinandergesetzt hast und dich informieren möchtest. Wichtig: Signalisiere dennoch, dass dein Kind jederzeit zu dir kommen kann, und bedanke dich für das dir entgegengebrachte Vertrauen. Dein Kind soll sich gesehen und aufgefangen fühlen, das ist das Allerwichtigste.

Ich bin ja auch immer noch überrascht, dass meine Eltern vor meinem Outing nie in Betracht zogen, dass ich schwul bin. Sollten Eltern ihr Kind auf seine Sexualität ansprechen, wenn sie vermuten, dass es homo- oder bisexuell oder trans ist?

Das ist eine sehr individuelle Frage, die ich pauschal leider nicht beantworten kann. Vielleicht findest du Ansprechpartner*innen in deinem Umfeld oder dem deines Kindes, die dir dabei helfen, das einschätzen zu können. Denn wenn ein Kind gerade bemerkt, dass es queer ist, sich selbst damit aber noch gar nicht so wirklich auseinandergesetzt hat, kannst du es schnell verschrecken. Du solltest dementsprechend sehr behutsam und nachsichtig vorgehen und die eigene Hilfe oder Gesprächsbereitschaft wirklich nur anbieten.

Wie kann man mit seinen Eltern nachsichtiger sein, wenn sie sich nach einem Outing problematisch verhalten?

Auch das ist sehr individuell und somit auch ein Thema für eine individuelle Beratung. Grundsätzlich ist wichtig, dass du nach einem Gespräch mit deinen Eltern nicht in Schuldgefühle rutschst – dafür gibt es nämlich gar keinen Grund. Es ist jetzt an deinen Eltern, sich mit der Situation und ihren Gefühlen auseinanderzusetzen. Wenn du siehst, dass deine Eltern Probleme damit haben, kannst du ihnen natürlich eine Beratungsstelle empfehlen.

Und wie sollte man sich als Lehrer*in verhalten?

Als Lehrer*in bist du eine Vertrauensperson. Du solltest dich also beratend, liebevoll, zurücknehmend und gegebenenfalls auch beschützend verhalten. Sei dir bewusst, dass du als Lehrer*in im Schulbetrieb die meiste Zeit mit den Kindern und Jugendlichen verbringst. Du hast also die beste Ausgangsposition, um Mobbingvorfälle zu bemerken und im Zweifel auch einzugreifen.

Je häufiger du dich outest, umso schneller wird es zu einer Gewohnheit – und desto sichtbarer wird auch die Community. Sichtbarkeit sorgt wiederum in Zukunft auch für mehr Verständnis und Respekt bei deinem Gegenüber.

Du entscheidest, was für dich richtig ist – und nicht andere. Du darfst also den Weg für dein Outing wählen, der sich für dich am leichtesten anfühlt.

Vielleicht fühlst du dich vor deinem Outing als Zumutung oder Überforderung für deine Mitmenschen. Deshalb ist es umso wichtiger, liebevoll mit dir selbst umzugehen. Du bist nicht alleine mit deinen Gefühlen!

QUEER AS F*CK

IDENTITÄT

QUEER AS F*CK

IDENTITÄT

QUEER AS F*CK

ICH BIN **QUEER**!

WEM ERZÄHLEN UND WIE DRAUF REAGIEREN?

Bei meinen Freund*innen und meinen Eltern hatte ich mich also geoutet. Ich hatte mir den Kreis meiner Vertrauten selbst ausgesucht, ein wichtiger Sicherheitsmechanismus. Auf Anraten meiner Eltern hatte ich es meinen Omas noch nicht erzählt, sie kämen schließlich »aus einer anderen Generation«. Meine Opas waren bereits verstorben. Und auch bei meinen Lehrern hatte ich mich nicht weiter zu dem Thema geäußert. Mir war allerdings klar, je mehr von meiner Sexualität wissen, desto größer ist die Möglichkeit, dass das Thema Kreise zieht.

Für meine Bewerbung an der Schauspielschule in Liverpool brauchte ich ein Schreiben meines Schuldirektors, warum er mich für geeignet halte, diesen Beruf auszuüben. Komisch genug, dass mir jemand, der mich kaum kannte, ein solches Zeugnis ausstellen sollte. Noch komischer war für mich allerdings die Situation, als ich das Schreiben bei ihm zu Hause abholte. Er habe gehört, dass ich homosexuell sei, und wenn ich Redebedarf hätte, sei er immer für mich da. Ich schluckte. Die Situation war unangenehm, ich empfand es als übergriffig. Eine Konfrontation die, wie Miriam bereits erwähnte, auf jede*n anders wirken kann. Ich weiß, mein Schuldirektor meinte es nur gut, aber die Art und Weise, wie er es sagte, gab mir das Gefühl, dass er noch nie einen Homosexuellen gesprochen oder gar getroffen hatte. Was sollte er mir denn als heterosexueller Familienvater für einen Ratschlag geben?

Auf der Schauspielschule war meine Homosexualität kein Thema. Die Hälfte aller männlichen Schauspielschüler an der Uni waren schwul, zwei meiner Professoren ebenso, eine Professorin lesbisch. Ich hatte das Gefühl, dass die Menschen Ende der Neunziger in England schon weiter waren als wir in Deutschland. Als ich Interviews zur Initiative #actout las, in deren Rahmen sich Anfang 2021 185 Schauspieler*innen als lesbisch, schwul, bi-, transgender oder nichtbinär outeten, war ich geschockt zu lesen, dass selbst an angesehenen Schauspielschulen Diskriminierung bis heute an der Tagesordnung ist. Einer der Unterzeichner erzählte beispielsweise, dass er an einer großen staatlichen Schauspielschule immer wieder von seinen Lehrer*innen ermahnt worden sei, die Rollen »schwul« zu spielen. Seine Sexualität wurde ihm nicht nur abgesprochen, sondern auch dermaßen negativ ausgelegt, dass ihn diese Vorfälle auch Jahre nach seinem Abschluss noch belasten.

Ich war im beruflichen Kontext generell recht offen, sogar schon zu Beginn meiner Karriere, als ich für meine erste Hauptrolle in der ARD-Vorabendserie »Sternenfänger« vor der Kamera stand. Man muss dazu sagen, dass »Sternenfänger« damals wirklich ein großes Ding war. TeamWorx, die Produktionsfirma, hatte bis dahin nur Filme fürs Kino oder hochwertige

Historienmehrteiler gedreht – und das sah man »Sternenfänger« dementsprechend auch an. Die Serie hatte tolle Bilder und einen wunderschönen Soundtrack, der einem auch heute noch das Gefühl eines endlosen Sommers beschert. Natürlich war auch die mediale Aufmerksamkeit riesig.

Nachdem wir die Staffel zu Ende gedreht hatten, wurde ich sichtlich nervös. Nora Tschirner, Florentine Lahme, Oliver Pocher und noch einige andere Kolleg*innen am Set wussten, dass ich schwul war. Die Presse hatte hingegen keine Ahnung. Und weil ich in der Serie den absoluten Frauenschwarm Nico Kiesbach spielte, drehten sich die Interviews rund um die Erstausstrahlung der Serie im Hinblick auf mich natürlich auch immer und immer wieder um Frauen.

Ständig wurde ich gefragt, ob ich denn eine Freundin hätte – und wenn ich das wahrheitsgemäß verneinte, wollten die Journalist*innen wissen, was mir denn an einer Frau gefallen würde, damit sie für mich als Partnerin infrage käme. In mir sträubte sich alles, darauf zu antworten. Gleichzeitig hatte ich beschlossen, nicht zu lügen. Also fing ich an, die Antworten auf diese doch sehr spezifischen Fragen eher allgemein zu formulieren.

»Ich mag Menschen, die einem zuhören. Und Humor ist mir wichtig!«, sagte ich zum Beispiel – in der Hoffnung, dass das den Pressevertreter*innen genügen würde.

Eine Weile ging das gut, aber dann suchte ich das Gespräch mit einem Verantwortlichen der Produktion und schilderte ihm mein Problem. Für ihn war die Sache klar.

»Nein, ich würde dir davon abraten, öffentlich zu sagen, dass du schwul bist. Das gibt nur Probleme und hängt dir ewig nach«, sagte er mir. Dann senkte er seine Stimme. »Aber unter uns, um ehrlich zu sein, habe ich es mir auch schon gedacht.«

»Was meinst du denn?«, fragte ich erstaunt.

»Es gab doch diese eine Szene, in der du Rugby spielen solltest. Und ich finde, da hat man schon gesehen, dass du schwul bist.«

Ich war sichtlich irritiert. Ja, ich konnte und kann nicht gut mit Bällen umgehen. Aber das auf meine Homosexualität zu schieben, war mir dann doch etwas zu weit hergeholt.

Aber es suggerierte mir: Wenn du dein Schwulsein zum Thema machst, dann überträgt sich das sofort auch auf andere Bereiche in deinem Leben. Mein Schwulsein wurde für Dinge verantwortlich gemacht, die rein gar nichts mit meiner Sexualität zu tun haben. Etwa für meine elenden Wurf- und Fangfähigkeiten.

Heute weiß ich natürlich, dass das nicht okay ist. Aber wenn ich an diese Zeit zurückdenke, dann wurde das Schwulsein immer wieder als etwas Unnormales und Problematisches dargestellt.

MEIN ÖFFENTLICHES **OUTING**

Es dauerte deshalb noch ein etliche Jahre, bis ich mich schließlich dazu entschied, mich öffentlich zu outen. Ich wog sogar ab, die ein, zwei schwulen Rollen, die mir angeboten wurden, überhaupt in Betracht zu ziehen, da ich den Gedanken, ich könne schwul sein, gar nicht erst in die Köpfe der Zuschauer*innen, Caster*innen und Produzent*innen pflanzen wollte.

Nicht nur Produzent*innen und Regisseur*innen standen einem Outing skeptisch gegenüber, auch im Privaten wurde mir ins Gewissen geredet. Die Mutter einer Schulfreundin gratulierte mir zur gelungenen Serie, ließ es sich aber auch nicht nehmen, mir zu sagen, dass sie mir die Küsse mit den unterschiedlichen Frauenfiguren aufgrund meiner Homosexualität nicht abnahm. Dass ich Schauspieler bin und mich aufgrund meiner Ausbildung in eine Rolle hineinversetzen und diese bedienen kann, schien für sie nicht nachvollziehbar. Wahrscheinlich hätte ein Kuss vor einer Kamera zwischen mir und einem männlichen Kollegen vor Aufregung, was die Leute darüber denken würden, weitaus unnatürlicher gewirkt als ein leidenschaftlicher Kuss mit einer Kollegin.

Als ich mich bei meinen Gasteltern in den USA outete, warnte mich meine Gastmutter Jenifer ebenfalls: »Don't out yourself. It'll ruin your career!« Als Grund für einen möglichen Karriereknick gab sie den gefloppten Blockbuster »Sechs Tage, sieben Nächte« mit Anne Heche und Harrison Ford an. Heche war in dieser Zeit mit der als lesbisch geouteten Entertainerin Ellen DeGeneres liiert, weswegen man ihr die Filmromanze mit Ford laut Jenifer nicht abnahm. Absurd, wenn man bedenkt, dass Heche ansonsten nur Beziehungen mit Männern hatte. Meine Gastmutter aber war sich sicher: »Don't do it!«

An dieser Stelle vielleicht noch mal ein kurzer Exkurs in Sachen Coming-out und Outing. Denn auch wenn heutzutage und gerade im deutschsprachigen Raum beide Begriffe oft synonym verwendet werden, bezeichnete ursprünglich nur das Coming-out die Öffentlichmachung der eigenen Homosexualität als bewusste Entscheidung und aus freien Stücken.

Outing nannte man hingegen, wenn die Homosexualität von jemandem ohne dessen Zustimmung öffentlich gemacht wird. Ein Vorgehen, das leider eine lange Tradition hat. So veröffentlichten Homosexuellengruppen in den USA schon in den Achtzigerjahren gezielt die Namen homosexueller Prominenter. Ihr Argument: Durch das Outing der in der Öffentlichkeit stehenden Personen könne man Vorurteile aus der Welt schaffen, Homosexualität enttabuisieren und außerdem Vorbilder schaffen. Dabei wird das Recht auf Privatsphäre genauso völlig außer Acht gelassen wie die individuelle Entscheidung eines jeden Menschen, öffentlich über seine Sexualität zu sprechen. In diesem Buch benutze ich jedoch die Formulierung Outing, auch wenn ich selbstbestimmt handeln konnte, einfach weil sie gerade unter jungen Menschen mittlerweile üblicher ist.

Darüber, mich öffentlich zu outen, dachte ich erst Jahre später wieder nach, als ich als Moderator Erfolg hatte. So sehr schlugen mir die Ratschläge, es bloß nicht zu tun, auf den Magen. Allerdings war mir auch klar, dass es irgendwann passieren sollte. Ich kannte Christoph Amend, den damaligen Chefredakteur des ZEITmagazins, von früher. Er kam wie ich ebenfalls aus dem kleinen Dorf Langgöns und bot mir sein Heft als Plattform an. Aber ich war einfach noch nicht so weit. Auch dann noch nicht, als Philipp Jessen, der damalige Chefredakteur von »Stern online« mir dafür ein exklusives Interview anbot. Meine damalige Schauspielagentur gab ebenfalls zu bedenken, welche Einschränkungen ein Outing für meine Rollenangebote mit sich bringen könnte. Ich sagte alle Interviewmöglichkeiten ab.

Es brauchte noch ein paar Jahre, bis ich meine Meinung schließlich änderte. Dustin, der amerikanische Gastschüler, der ein halbes Jahr bei meiner Familie wohnte, als ich selbst ein Teenager war, war beruflich in Berlin. Beim gemeinsamen Abendessen gestand er, dass er mich immer mal wieder googelte, wenn er Sehnsucht nach Deutschland hatte, um Interviews mit seinem ehemaligen Gastbruder zu finden.

»Warum sprichst du eigentlich nicht über deine Homosexualität?«, fragte er und brachte mich damit ins Grübeln.

Normalerweise ging ich auf diese Frage schon gar nicht mehr ein, hatte immer eine Rechtfertigung wie »Das ist meine Privatsache!« parat. An diesem Abend war das anders. Als ich gegen zwei Uhr nachts nach Hause kam, arbeitete unser Gespräch darüber, warum ich nicht öffentlich zu meiner Homosexualität stehe, immer noch in mir. Irgendwie fühlte ich mich danach, es genau jetzt zu tun.

Selbstbestimmt. Ohne suggestive Fragen von Journalist*innen, die mich in eine Ecke drängen könnten. Beflügelt und motiviert setzte ich mich an den Computer und schrieb mir alles von der Seele. Um halb fünf war ich schließlich fertig, schickte den Brief zur Korrektur an ein paar Freund*innen und legte mich schlafen.

Am nächsten Morgen las ich mir das in der Nacht Verfasste noch mal durch und war mir kurz nicht mehr sicher, ob die Idee so gut gewesen war. Aber ein anschließender Blick in mein E-Mail-Postfach beruhigte mich. Alle, denen ich die in der Nacht geschriebenen Zeilen geschickt hatte, sprachen mir zu und standen hinter mir. Auch meine Schauspielagentur und mein Management für Moderation und PR bestärkten mich in meinem Vorhaben. Ihre Frage war nun, wie ich es angehen wollte.

Jetzt ging es also nur noch darum, ein passendes Format für den Brief zu finden. Ich hatte damals einen guten Draht zur Gala, für die ich seit mehreren Jahren eine Kolumne über Serien schreibe, und wusste, dass sie sich für den Abdruck interessierten. Aber ich wollte, dass der Brief eine andere Wirkung hatte. Er sollte wachrütteln und eine Leserschaft erreichen, die sich sonst eher weniger mit Menschen wie mir beschäftigte. Deshalb fiel meine Wahl auf den Stern. Das Magazin lag früher schon jede Woche bei uns zu Hause auf dem

Wohnzimmertisch und stand inhaltlich für einen guten Mix aus politischen und gesellschaftlichen Themen. Kurzum: ein Heft, das jeder Mensch mal in die Hand nahm und mit dem ich definitiv ein größeres Publikum zum Nachdenken anregen würde als mit der Gala. Und weil der ehemalige Gala-Chefredakteur mittlerweile beim Stern angestellt war, kontaktierte ich ihn kurzerhand, und ein paar Wochen später outete ich mich mit diesem offenen Brief:

DER OFFENE **BRIEF**

Ich bin schwul.

Manche von Ihnen werden jetzt sagen: »Und wo ist jetzt die Neuigkeit?« Andere von Ihnen werden es nicht gewusst oder »geahnt« haben.

Vielleicht werden Sie sich fragen: Muss man das heutzutage überhaupt noch erwähnen? Ich finde: ja. Klar, es ist in den letzten Jahren in Sachen Akzeptanz viel passiert, dennoch sind wir von Normalität in vielen Bereichen weit entfernt.

Diese Zeilen sollen nicht um mein persönliches Outing gehen, sondern darum, wie wichtig ich es finde, Leute, die anders sind als man selbst, zu verstehen und Andersartigkeit als selbstverständlich zu sehen. Wer hat die Norm erfunden und warum sind uns Menschen, die anders sind als wir selbst, fremd oder gar unheimlich?

Mit 15 wurde ich in der Schule so sehr gemobbt, dass ich weder in den Schulferien das Freibad oder Geburtstage besuchte. Ich wurde geschubst, bekam das Bein gestellt und wurde einmal so lange im Schwimmbad unter Wasser gehalten, dass ich dachte, ich ertrinke. Oft weinte ich abends vor dem Einschlafen, erzählte meinen Eltern vom Geschehenen und wurde getröstet, ich solle drüberstehen, ich sei ja nicht schwul. Ich werfe das meinen Eltern nicht vor, sicher waren sie selbst überfordert damit, mich zu beruhigen.

Mein Leben änderte sich, als ich ein Stipendium für ein Auslandsjahr an einer amerikanischen Highschool bekam. Hier öffnete sich eine ganz neue Welt für mich. Ich konnte plötzlich all meine Interessen ausleben, für die es in Deutschland zu meiner Schulzeit keine Möglichkeit gab. Ich schrieb für die Schülerzeitung, sang im Chor, spielte Theater. Ich war der vollends integrierte deutsche Austauschschüler, der sich endlich gefunden hatte.

Warum hole ich so weit aus? Um zu erklären, warum ich so lange mit diesem Brief gewartet habe. Gerade habe ich ein Buch eines Psychologen gelesen, der darüber spricht, warum schwule Männer ihr ganzes Leben mit einer Art Scham durchs Leben gehen. Natürlich gibt es Mädchen, die mit Autos spielen. Schlimm? Selten. Jungs, die sich allerdings gerne als Prinzessin verkleiden und sich eine Puppe zum Geburtstag wünschen (ich war zehn und meine Puppe hieß Yvonne), bekommen zu spüren, dass sie »anders« sind. Weiter geht's im Sportunterricht, wo man der Letzte ist, der in die Mannschaft gewählt wird, weil man nicht gut mit Bällen umgehen kann. Bitte verstehen Sie das nicht als Klischee – es war mein Leben und ist auch das Leben vieler Männer, mit denen ich mich über ihre Sexualität und ihr Aufwachsen unterhalten habe. Diese Scham, anders und nicht genug zu sein, begleitet mich bis heute.

Obwohl alle meine Freunde wissen, dass ich auf Männer stehe und ich auch bei meinen Arbeitskollegen kein Geheimnis daraus mache, muss ich doch sagen, dass ich immer wieder mit meiner Homosexualität konfrontiert werde. Homophobe Sprüche werden immer wieder gemacht, oft ohne Hintergedanken. »Boah, ist das schwul!« – diesen Satz habe ich von Menschen gehört, die mir nahe sind. Sie kennen die Bedeutung: »Boah, ist das schwul!« Bedeutet:

»Boah, ist das ätzend!«. Schwule sind also ätzend? »Schwul« ist an Schulen immer noch das meist verbreitete Schimpfwort.

Ich muss wahrscheinlich nicht erklären, dass Homosexualität keine Entscheidung ist. Wir werden hetero- oder eben homosexuell geboren. Wir entscheiden als Homosexuelle lediglich, wie wir damit umgehen. Ich gestehe: Ich wurde in den letzten Jahren immer wieder von Angst getrieben: Was bedeutet es für mich, mich zu outen? Als Moderator wurde ich dazu ermutigt, in der Öffentlichkeit zu mir zu stehen. Anders lief es für mich als Schauspieler. Meine erste Rolle spielte ich als Herzensbrecher in der ARD-Serie »Sternenfänger«. In meiner Heimat von der Mutter einer Freundin darauf angesprochen, sagte sie mir, sie hätte die Serie gemocht, aber die Liebesszenen hätte sie mir nicht abgenommen. Warum? »Na ja ...«, druckste sie herum. Aaah! Weil ich schwul bin!

Heterosexuelle dürfen Schwule spielen (und bekommen dafür sogar Preise!), aber Schwule können keine Heteros spielen? Wie verhält es sich dann mit der Rolle eines Mörders? Muss man für einen Krimi schon jemanden umgebracht haben, um den Mörder glaubhaft darstellen zu können? Sie verstehen den Unsinn ...

Das erste Mal wollte ich mich vor vier Jahren öffentlich outen, habe dann aber kalte Füße bekommen. Ich mag meine Privatsphäre und weiß, dass ich sie mit diesen Zeilen weiter öffne. Sie können glauben, dass mir, entschuldigen Sie, mein Arsch auf Grundeis gehen wird, sobald diese Ausgabe in den Druck geht. Mit den Konsequenzen werde ich leben müssen. Aber ich möchte mich hier nicht wichtig nehmen. Viel wichtiger ist mir in den letzten Jahren allerdings geworden, was mein Outing für andere Menschen bedeuten kann.

Bei meiner ersten Begegnung mit einem schwulen Pärchen war ich erst 15! Ich sah zwei Händchen haltende Männer in Gießen, in der Nähe des Dorfes, in dem ich aufwuchs, und folgte ihnen über eine Stunde durch die Stadt. Aufregend war das! Immerhin hatte ich noch nie live Homosexuelle gesehen.

Ein Jahr nach meiner Zeit in Kalifornien besuchte ich in den Sommerferien meine Gastfamilie erneut. Einige aus meinem Theaterprogramm hatten sich mittlerweile geoutet und waren »out and proud«. 1998 in meiner hessischen Heimat undenkbar.

Bei der Ankunft am Frankfurter Flughafen nach meinem Urlaub entschied ich, mich meiner besten Freundin anzuvertrauen. Einige Monate später outete ich mich bei meinen Eltern und weiteren Freunden. Es machte die Runde an meiner Schule. Ich war der Exot. Der Schulleiter zitierte mich in sein Büro und bot mir seine Hilfe an, sollte ich reden wollen. Auch wenn ich es heute als freundliche Geste von ihm empfinde, so fühlte ich mich damals durch diese Aussage noch mehr ausgegrenzt.

Je älter ich werde, desto mehr lerne ich über mich und den Kampf, den ich wahrscheinlich mein Leben lang mit mir führen werde. Es ist nicht nur mein persönlicher Kampf, sondern der Kampf aller, die sich fühlen, als würden sie nicht dazugehören.

Ich werde dieses Jahr 40. Und ich will mich nicht mehr verstecken. »I am who I am« – that's right! Ich definiere mich nicht über meine Sexualität, sie ist ein Teil von mir, für den ich mich nicht mehr schämen möchte. Aber wen ich liebe, hat immer noch eine starke soziale Bedeutung. Werde ich mich komisch fühlen, wenn beim Bäcker hinter meinem Rücken getuschelt wird: »Ist das nicht der schwule Moderator?« Bestimmt.

Viel wichtiger ist es mir aber, mich nicht mehr schlecht zu fühlen und anderen Männern und Frauen, die homosexuell oder transgender sind, Mut zu machen, zu sich zu stehen. Ich möchte nicht belehren, aber ich muss appellieren: Seien Sie offen! Offen zu Menschen, die anders sind als Sie. Einzigartigkeit macht uns aus. Und macht das unser Leben nicht spannend?

DIE **REAKTIONEN AUF MEIN** ÖFFENTLICHES **OUTING**

Ich will ehrlich sein: Natürlich bekam ich auf das Outing auch einige negative Reaktionen. Vor allem im Internet erhielt ich schlimme und ungemein verletzende Nachrichten von anonymen Trollen, die mich beleidigten und mir bisweilen sogar den Tod wünschten. Aber die positiven Reaktionen auf den Brief und das dazugehörige Outing überwogen. Mich erreichten nicht nur unglaublich viele positive Zusprüche von Kolleg*innen, sondern auch Nachrichten von Menschen, denen ich mit meinem Outing Mut gemacht hatte. Besonders freute ich mich über die Nachricht einer Frau Ende 50, die mir offenbarte, dass sie Homosexuellen gegenüber lange Zeit sehr negativ eingestellt gewesen sei – sich diese Einstellung aber durch mein Outing geändert habe. Mein Brief habe sie zum Nachdenken gebracht und sie habe einige ihrer Ansichten hinterfragt. Das fand ich toll!

Zwei Jahre nach meinem offenen Brief ergab sich die Möglichkeit eines Gesprächs mit meiner damaligen Agentur, die mir beim ersten Versuch, mich zu outen, ins Gewissen geredet hatte. Sie waren mit der Formulierung, »sie hätten mir vom Outing abgeraten«, unglücklich, wollten nicht als homophob gelten. Ich konnte sie verstehen, denn homophob sind sie in keinem Fall. Aber abgeraten hatten sie mir nun mal, warum also nicht dazu stehen?

Mein ebenfalls geouteter Schauspielkollege Jannik Schümann sagte kürzlich in einem Interview[1], dass er es unfassbar finde,

»Menschen in ihrer Entwicklung zu hemmen und ihnen absurde, veraltete Wertvorstellungen und Lebensformen nahezulegen. (Leute wie diese) Agent*innen sind schuld, dass Menschen daran gehindert werden, ein offenes, freies und gutes Leben zu führen.« Genau das wollte ich ihnen vermitteln.

Mit einem Mal kam ich mir so erwachsen vor. Ich war ganz ruhig, gelassen und hatte keine Angst vor einem klärenden Gespräch. Tatsächlich war ich mir meiner Haltung bewusst und hatte schon länger auf eine Aussprache gehofft.

Genau aus diesem Grund bin ich so froh, mich endlich geoutet zu haben. Mein Gefühl ist: Wenn man Angst vor dem Outing hat, wird man umso stärker aus dieser Erfahrung herausgehen und in ganz vielen Situationen nicht mehr den Mund halten, sondern seine Meinung vertreten, für Verständnis kämpfen und versuchen, neue Sichtweisen aufzuzeigen, um Menschen damit hoffentlich einen Anstoß zu geben, ihr eigenes Handeln zu überdenken.

Die Frage, ob man sich überhaupt noch outen muss, wird immer wieder diskutiert. Besonders, wenn sich mal wieder ein*e Prominente*r outet, findet sich diese Frage zuhauf in den Kommentarspalten der sozialen Netzwerke. Meist sind es allerdings nicht Mitglieder der LGBTQIA*-Community, sondern heterosexuelle Mitmenschen, die sie stellen.
Ich kann diese Frage zweierlei deuten. Entweder als Allyship, sozusagen gleichbedeutend wie: »Hey, das sollte doch keine Rolle mehr spielen!« Der Begriff *Ally* stammt aus dem Englischen, lässt sich als *Verbündete*r* übersetzen und wird oft im Zusammenhang mit der Unterstützung diskriminierter Minderheiten verwendet.

Die Frage kann aber auch als Angriff gemeint sein: »Nimm dich nicht so wichtig, was interessiert mich, was du im Bett bevorzugst?« Davon abgesehen, dass meine sexuelle Identität weitaus mehr ist als Sex, wird in beiden Fällen die betroffene sich outende Person allerdings nicht gefragt, warum sie das Bedürfnis hatte, den Schritt des Outings zu gehen, und warum dieser für sie relevant ist.

Ich persönlich finde, dass ein Outing für Homosexuelle nach wie vor unabdingbar ist. Niemand muss einen öffentlichen Brief schreiben, wie ich es getan habe. Aber selbst das Erscheinen mit dem oder der gleichgeschlechtlichen Partner*in auf der nächsten Familienfeier ist doch ein Outing. Wir gehen in unserer Gesellschaft immer noch davon aus, man sei hetero, wenn man sich nicht anderweitig zu erkennen gibt. Also ist ein Outing immer noch vonnöten. Und für mich gehörte mein Outing auch zur Identitätsfindung.

Ich merkte, wie gut es mir tat, in Interviews oder Talkshows darüber zu sprechen, wie es war, als schwuler Mann in einer heteronormativen Welt aufzuwachsen. Ich bekam Briefe und Nachrichten von queeren Menschen, die sich mit mir identifizierten, mich um Rat fragten oder sich bei mir bedankten, da ihnen mein Brief Mut gemacht hatte, sich selbst bei ihren Liebsten zu outen. Damals und auch heute noch.

Ansonsten habe ich mich in den letzten 20 Jahren, die ich diesen Job ausübe, immer weiter geöffnet. Eigentlich wusste jeder, der enger mit mir arbeitete, dass ich schwul bin. Ich nahm meine Partner mit ans Set, sie begleiteten mich zu Veranstaltungen und ich stellte sie auch dementsprechend vor. Ich verstehe aber die Angst davor, sich im Job zu outen. Ein Outing ist für jede*n individuell. Mich hat es im Nachgang betrachtet immer mehr entspannt. Endlich konnte ich vollends zu mir stehen.

FRAGEN AN MIRIAM

Ich war im Job immer sehr offen, Miriam. Ist es denn ratsam, sich am Arbeitsplatz zu outen? Und gibt es Arbeitsplätze, die weniger dazu geeignet sind? Wenn ja, warum?

Hach, ja – das ist ein schwieriges Thema. Zum aktuellen Zeitpunkt würde ich sagen, dass es nicht immer unbedingt ratsam ist, sich am Arbeitsplatz zu outen. In Bereichen der katholischen Kirche ist das zum Beispiel leider immer noch ein heikles Thema. Du könntest erst mal in dich hineinspüren, ob deine Grenzen in manchen Situationen überschritten werden und du dich ausgegrenzt oder nicht wahrgenommen fühlst. Geschieht das, ist es an dir, etwas daran zu ändern. Das kann zum Beispiel heißen, dass du dich erst mal vor einzelnen Personen offenbarst, zu denen du eine vertrauensvolle Beziehung hast und mit denen du dich sicherer fühlst. Das ist aber so nicht immer möglich. In unserer Gesellschaft kann es also aktuell leider auch passieren, dass du aufgrund der erfahrenen Diskriminierung die Stelle wechseln musst. Denn sich am Arbeitsplatz zu outen, heißt im Zweifelsfall, dass man mit Diskriminierung rechnen muss. Wenn du mit deiner Sexualität oder Identität dennoch offen umgehen möchtest, kannst du das natürlich tun – aber ich würde mir an deiner Stelle die Frage nach dem »Warum?« stellen, die potenziellen Folgen abschätzen und im Zweifel dafür sorgen, dass du Menschen um dich hast, die eventuelle Ausgrenzung und Anfeindungen kompensieren können.

Danke für deine Ehrlichkeit, auch wenn das manche Leser*innen jetzt vielleicht verunsichert. Aber wir wollen Situationen auch nicht beschönigen. Wie kann man ungeouteten Menschen die Angst nehmen?

Den Menschen, die sich noch nicht geoutet haben, können wir die Angst nehmen, indem wir ihnen von unseren eigenen Outings erzählen. Das ermutigt sie im besten Fall, diesen Schritt auch zu gehen. Was ebenfalls hilft: ihnen sagen, dass wir versuchen, sie zu beschützen, dass wir für sie da sind, dass wir immer offene Arme haben, dass sie nicht alleine sind und dass ihre Sorgen vorübergehen. Es ist auch sehr wichtig, immer wieder zu betonen, dass das Outing ein großer Schritt ist, aber eben auch notwendig, um frei und mit sich selbst im Einklang leben zu können. Trotzdem ist der Weg zum Outing ein Prozess, der für jeden Menschen unterschiedlich lang dauert.

Worst Case: Betroffene werden gemobbt. Was können sie nun gegen Diskriminierung am Arbeitsplatz tun? In manchen Fällen gibt es ja Antidiskriminierungsbeauftragte.

In großen Konzernen gibt es dafür natürlich ganz andere Möglichkeiten als zum Beispiel in kleinen Firmen. Grundsätzlich ist es wichtig, sich Gleichgesinnte und Vertrauenspersonen zu suchen und so einen Schutzraum zu schaffen. Was auch helfen kann, ist, psychotherapeutische Hilfe anzunehmen, weil Diskriminierung und Ausgrenzung langfristig starke Belastungssymptome bis hin zu Depressionen und Selbstmordgedanken in uns hervorrufen können.

Wie kann man Kolleg*innen begegnen, die kein Verständnis für die eigene sexuelle Identität haben? Wie fordert man Akzeptanz und Toleranz ein?
Akzeptanz und Toleranz kannst du nicht einfordern. Aber du kannst Menschen für Diversität sensibilisieren und ihnen vermitteln, dass du dir Verständnis wünschst. Dabei ist es hilfreich, diese Themen im Team zu besprechen und vielleicht auch Führungskräfte, andere Mitarbeitende oder sogar die Chef*innenetage zu informieren. Möglicherweise kannst du auch einen Teamtag oder einen Workshop anregen, damit Menschen, die vielleicht von außen dazustoßen, das Thema noch mal aus einer anderen Perspektive betrachten können.

Das ist eine gute Idee. Tatsächlich wurde ich von manchen Konzernen für solche Tage bereits als Gastredner eingeladen. Welchen Ratschlag gibst du Ungeouteten, die seit Jahren den gleichen Arbeitsplatz haben und sich nun offenbaren möchten?
Du musst dich nicht immer passend machen. Manchmal solltest du toxische Umfelder auch verlassen, um deinen Selbstwert gesund wachsen lassen zu können. Pauschal kann man das natürlich nicht beantworten. Aber wenn du für dich beschlossen hast, diesen Weg zu gehen, dich zeigen zu wollen, ist der erste Schritt, dir ein sicheres Umfeld zu schaffen.
Und wenn du ein sicheres Umfeld hast, wird es auch Verständnis zeigen, dass du dir mit deinem Coming-out Zeit gelassen hast.

Den Menschen, die sich noch nicht geoutet haben, kannst du die Angst nehmen, indem du ihnen von deinem eigenen Outing erzählst.

Akzeptanz und Toleranz kannst du nicht einfordern. Aber du kannst Menschen für Diversität sensibilisieren und ihnen vermitteln, dass du dir Verständnis wünschst.

Du musst dich nicht immer passend machen. Suche dir ein Umfeld, das dich akzeptiert, wie du bist!

QUEER AS F*CK

QUEER AS F*CK

DISKRIMINIERUNG

QUEER AS F*CK

WIE VIEL **GAY** IST **OKAY**?

Nach dem Outing vor meiner Familie und meinen Freund*innen erlangte ich noch mal ein ganz neues und anderes Selbstbewusstsein. Ich konnte endlich ich selbst sein. Am liebsten war ich das aber immer noch im Nachtleben. Und meine beiden besten Freundinnen nahm ich gerne mit auf die Partys.

Dani, Verena und ich hatten eine enge Verbindung, weil die beiden auch für ein Highschooljahr in Amerika gewesen waren. Jede*r hatte doch diese nervigen Mitschüler*innen, die ein Austauschjahr gemacht haben und dann nach ihrer Rückkehr mit ganz vielen englischen Wörtern und Sätzen im amerikanischen Slang um sich werfen. Die mit Mountain-Dew-Dosen und amerikanischem Schokokuchen aus Betty-Crocker-Backmischungen in die Schule kommen. Genau so waren wir!

Durch ihren Amerikaaufenthalt waren die beiden schon ein bisschen reifer. Ich weiß gar nicht, ob mich meine anderen Mitschüler*innen aus den kleinen gemütlichen Dorfgemeinden nach Frankfurt begleitet hätten.

Aber wir drei zelebrierten das richtig. Meistens trafen wir uns samstags schon gegen 16 Uhr. Am späten Nachmittag lief damals »Beverly Hills 902010« auf RTL und wir schauten jede neue Folge mit Gesichtsmasken und holten uns Outfit-Inspirationen. Damals waren gold-, silber- und bronzefarbene Mascarastifte der heiße Scheiß, mit denen wir uns anschließend die Arme, Gesichter und Haare bemalten.

Was Make-up anging, waren wir also versorgt. Was Mode betraf, mussten wir jedoch ein ganzes Stück weiterfahren. H&M gab es damals nur in Frankfurt, weshalb ich mich an den Wochenenden dort mit halbtransparenten Netzoberteilen und Satinhosen eindeckte. Heute unvorstellbar, aber genau so ging ich in die Clubs – und was soll ich sagen? Ich war kein schlechter Wurf. Die Jungs, die ich hübsch fand, lernte ich auch kennen.

Dani und Verena waren währenddessen mittendrin und fanden das alles wahnsinnig aufregend. Wir hatten mittlerweile in Frankfurt eine richtige Clique, in der wir uns total wohlfühlten. Außerdem boten die beiden mir an, dass sie die Strecke nach Frankfurt im Wechsel fuhren.

»Nein, Jochen, du sollst dich dieses Wochenende amüsieren und Spaß haben!«, hieß es ständig – denn den beiden war wichtig, dass ich eine gute Zeit hatte. Das werde ich ihnen nie vergessen! Wenn wir heute ab und zu Kontakt haben, schwelgen wir immer noch gerne in diesen Erinnerungen.

Während ich also vor allem an den Wochenenden meine neue Freiheit genoss, war das Outing bei meinen Eltern immer wieder ein Thema. Auch, weil ich sie ständig – mal bewusst, mal unbewusst – mit Situationen konfrontierte, mit denen sie nicht umzugehen wussten. Nachdem ich mittlerweile gänzlich in der Frankfurter Szene angekommen war, lernte ich dort natürlich auch regelmäßig Männer kennen. Und manchmal waren die um einiges älter als ich.

So wie Jürgen, sein Freund Stefan und René – ein Kosmetiker, der sehr gepflegt war und deshalb auch liebevoll Renate genannt wurde. Freunde hatte ich nach meinem Outing schon gehabt, meine Eltern hatten auch davon gewusst und es war okay gewesen. Diese Beziehungen waren recht kurz, sie gingen meist nicht länger als drei Monate. Ich durfte bei ihnen und sie bei mir übernachten. Das war in Ordnung, zumindest solange der Junge als heterosexuell gelesen werden konnte.

Jürgen, Stefan und René wohnten in Speyer, weshalb wir uns meist auf der ungefähren Hälfte der Strecke in Frankfurt trafen. Ab und an besuchte ich die Jungs auch in Speyer, übernachtete dort und fuhr am nächsten Tag zurück in mein Heimatdorf Langgöns. Aber als meine Eltern beschlossen, mal wieder ein Wochenende bei meiner Oma zu verbringen, lud ich die drei kurzerhand zu uns nach Hause ein. Für meine Eltern ging das in Ordnung.

Sie fuhren am Samstag los und wollten am Sonntagnachmittag zurück sein. Ich kannte den minutiös geplanten Ablauf in- und auswendig. Schließlich war ich selbst oft genug dabei gewesen. Am Sonntag wurde traditionell noch gemeinsam zu Mittag gegessen. Vor 13 Uhr stiegen die beiden also definitiv nicht ins Auto. Bei sonntagstypischer Verkehrslage würden sie gut drei Stunden für den Rückweg brauchen und somit nicht vor 16 Uhr wieder zu Hause sein.

An diesem Sonntag aber beschlossen meine Eltern, die Heimreise schon nach dem Frühstück anzutreten, weshalb sie bereits um halb eins wieder zurück waren. Vielleicht waren sie auch neugierig oder wollten mich kontrollieren. Ihr Plan ging jedenfalls auf.

René befand sich in meinem Zimmer im ersten Stock. Als er hörte, wie meine Eltern nach Hause kamen, funktionierte er die Treppe meines Elternhauses kurzerhand zur Showtreppe um.

»Herr Schrrrooopp! Sie wollte ich ja nun schon lange mal kennenlernen!«, rief René aka Renate, während er die Arme ausbreitete und die Stufen hinunterschwebte.

Mein Vater bewahrte die Fassung, aber die Freude war wohl nicht ganz seinerseits. Abends, die drei waren mittlerweile abgereist, kam er noch mal in mein Zimmer, setzte sich an meine Bettkannte und suchte nach Worten. Dann sagte er:

»So wie dein Freund da wirst du bitte nicht.«

Ich erwiderte nichts. Jahre später hatte ich mit meinem Vater noch mal ein Aussprache über dieses Gutenachtgespräch. Er sagte, dass er sich einfach Sorgen gemacht hatte, dass ich aufgrund meiner Homosexualität Probleme bekommen könnte. Daher rührte also der Satz, den ich damals einfach nur als diskriminierend empfand. Als ich kürzlich mit meiner Schwester über das besagte Wochenende sprach, an dem mich die drei Jungs besuchten, sagte sie:

»Weißt du nicht mehr, was Papa damals zu dir meinte, als sie zu Oma fuhren?«

Ich verneinte.

»Du solltest besser die Vorhänge zuziehen, falls ihr euch im Wohnzimmer aufhaltet.«

Das hatte sie damals Teenager total schockiert. Ich jedoch hatte den Moment verdrängt.

Dabei sorgte ich mich ja selbst um die Meinungen anderer. Über Jahre war mir suggeriert worden, dass es genau diese Art von schwulen Männern war, die einen ins schlechte Licht rückten.

Schwule und queere Menschen waren damals in der Gesellschaft und auch in den Medien noch viel unterrepräsentierter als heute – und wenn sie doch mal gezeigt wurden, dann nur als schreckliches Klischee. Die besten Beispiele dafür sind wohl »Der Schuh des Manitu« oder »Traumschiff Surprise«, die ersten Filme von Michael »Bully« Herbig. Ich schaute mir zumindest den ersten der beiden Filme damals im Kino an. Die Leute um mich herum lachten sich tot, als diese überdrehten Figuren auf der Leinwand erschienen.

Das waren die Neunziger und frühen Zweitausender. Aber »Der Schuh des Manitu« ist heute noch der neunterfolgreichste deutsche Kinofilm aller Zeiten. Jede erneute Ausstrahlung beschert dem Sender nach all den Jahren immer noch Traumquoten. Für mich war in dem Moment klar: Wenn du schwul bist und dazu stehst, dann zeigen die anderen mit dem Finger auf dich und du wirst ausgelacht. Weil du derjenige bist, der sich unnormal verhält.

Wenn man überall und ständig mit solchen Reaktionen der Menschen konfrontiert ist, überlegt man sich natürlich gründlich, ob man sich diesem Spott überhaupt aussetzen möchte. Und so sorgten all diese Erlebnisse für Fragen: Wer bin ich eigentlich? Bin ich unnormal? Ist das Verhalten der anderen richtig? Haben sie vielleicht sogar das Recht, über mich zu lachen, mich zu schubsen und zu beschimpfen?

Ich hatte zum Beispiel jahrelang ein Problem mit der Regenbogenflagge oder damit, auf den CSD zu gehen. Ich hatte immer das Gefühl: Das bin ich nicht. Das hat sich erst nach meinem offiziellen Outing geändert. Ich weiß, dass das für viele andere queere Menschen auch immer wieder ein Problem ist, weil sie sich nicht damit identifizieren können oder wollen.

FRAGEN AN MIRIAM

Auch wenn ich die Antwort schon zu kennen glaube: Wie viel gay ist denn nun okay?

Du bist okay, so, wie du bist – und es ist alles okay, was du möchtest. Die Frage ist aber, inwieweit fühlst du dich sicher? Wenn du dir bewusst darüber bist, dass du (manchmal) mit einem Umfeld konfrontiert bist, das eher homophob oder eben nicht Teil der Community ist und du dich nicht gewappnet für Anfeindungen fühlst, dann solltest du schauen, wie verletzbar du dich machen möchtest. Ansonsten kannst du dich vielleicht auch einer Gruppe zuzuwenden, die ähnliche Bedürfnisse hat – denn in der ist tatsächlich meist alles einfacher.

Also muss ich mich gegebenenfalls doch anpassen, wenn ich keine Ablehnung erfahren will? Wer entscheidet denn, wie man sich verhalten oder kleiden darf?

Du – und niemand sonst! Dabei solltest du aber beachten, dass du im Hinblick auf deine äußerliche Erscheinung durchaus auch kränkende Erfahrungen in Form von blöden Bemerkungen machen kannst. Wenn du der Meinung bist, dass du diese Kommentare (homophober Menschen) vertragen kannst, dann ist das überhaupt kein Problem. Ansonsten suchst du dir am besten einen Safe Space oder Schutzraum, in dem du dich nach Lust und Laune (ver)kleiden und geben darfst, wie du möchtest.

Für mich war das eben zu Beginn das Frankfurter L.O.F.T. House – in Gießen hätte ich mich anders gekleidet. Aber lass uns noch mal über das Erlebte mit meinem Vater sprechen. Wie reagiert man auf solche Aussagen?

Eine Aussage wie die deines Vaters ist ausgrenzend und abwertend. Sie vermittelt: Wenn du so bist, möchte ich mich oder können sich andere mit dir nicht identifizieren. Es ist wichtig, zu spüren, was solch eine Aussage in dir auslöst: Scham? Wut? Traurigkeit? Entsteht ein Rückzugsbedürfnis? Jedes dieser Gefühle ist erst mal in Ordnung. Eine angemessene Reaktion wäre etwa, dem Gegenüber zu spiegeln, was seine Aussage in dir ausgelöst hat. Zum Beispiel, dass du dich durch sie verletzt und ausgeschlossen fühlst – und dadurch die Angst entsteht, nicht mehr geliebt zu werden. So spielst du den Ball wieder der anderen Person zu, weil diese merkt, dass es da noch einen ganz anderen Horizont als den eigenen gibt. Deshalb ist es wichtig, anderen Menschen zu vermitteln, was sie mit ihren vielleicht manchmal unüberlegten Kommentaren auslösen. Denn nur so schaffst du eine neue Perspektive und eine Sensibilität für das Thema.

Ich hätte mir wirklich gewünscht, damals schon mehr bei mir gewesen zu sein und dementsprechend reagieren zu können. Auch generell, nicht nur meinen Eltern gegenüber. Wie wehrt man sich gegen blöde Sprüche, queere Klischees und Co.?

Das kommt immer ganz auf die Situation an. In manchen Momenten ist es angebracht, in die Tiefe zu gehen, dich zu öffnen und klar und deutlich zu sagen, dass dich solche Aussagen verletzen. In anderen Momenten macht das wiederum gar keinen Sinn. Du solltest am besten in dich hineinspüren und schauen, ob du eine Möglichkeit siehst, etwas zu verändern oder nicht. Ganz wichtig: Wir als queere

Menschen befinden uns nicht immer in der Position oder der Verpflichtung, die Welt verändern zu müssen. Es ist nicht unsere Aufgabe, immer in die Bresche zu springen und im Zweifel auch noch dafür angefeindet zu werden. Was das angeht, musst du wirklich auf deine eigenen Kräfte achten. Fühlst du dich geschützt? Fühlst du dich sicher? Hast du überhaupt die Kraft, einem homophoben Menschen zu erklären, welche Rechte wir haben? Das muss manchmal einfach nicht sein.

Du bist okay, so, wie du bist – und es ist alles okay, was du möchtest.

Jedes deiner Gefühle ist erst mal in Ordnung – spiegle sie deinem Gegenüber, wenn dich seine Aussagen verletzen.

Queere Menschen befinden sich nicht immer in der Position oder der Verpflichtung, die Welt verändern zu müssen.

SEXUELLE **SELBSTBESTIMMUNG** ALS **GRUNDRECHT**

Seit meinem Outing mache ich mich für die Blutspende von homo- und bisexuellen Männern stark. Vielleicht werden sich manche Leser*innen an dieser Stelle fragen, warum das überhaupt nötig ist. Blut spenden kann im Grunde doch jede*r, der*die möchte. Nun, ganz so einfach ist es leider nicht.

Als homo- oder bisexueller Mann durfte man bis zum Jahr 2021 nur Blut spenden, wenn man die letzten zwölf Monate davor keinen Sex mit einem anderen Mann hatte. Nicht mal mit dem eigenen Partner! Hochgradig diskriminierend, wie ich finde. Nicht nur, dass man im Grunde zu einem Outing gezwungen wurde und sich im Fall eines Verschweigens der eigenen Sexualität strafbar machte. Es grenzt doch auch an

Irrsinn, dass ich selbst in einer monogamen Partnerschaft als Teil einer Risikogruppe eingestuft werde.

Natürlich weiß ich, dass diese Beschränkungen von der AIDS-Krise in den Achtzigerjahren herrühren. Aber mittlerweile leben wir im 21. Jahrhundert und Blutspenden können vor ihrem Einsatz noch genauer auf Krankheiten überprüft werden – vor allem aber werden Blutkonserven mehr denn je benötigt. Deswegen war und ist es mir ein Anliegen, dass auch homo- und bisexuelle Männer sowie transidente Menschen Blut spenden dürfen.

Derzeit (zur Drucklegung im Januar 2022) gelten für homo- und bisexuelle Männer glücklicherweise weniger starke Beschränkungen. Die Bundesärztekammer und das für die Sicherheit von Blutprodukten zuständige Paul-Ehrlich-Institut in Darmstadt haben nämlich kürzlich neue Blutspenderichtlinien veröffentlicht. Diese legen fest, unter welchen Bedingungen welche Personengruppen Blut spenden dürfen.

Die »Zulassungskriterien zur Blutspende von Personen mit sexuellem Risikoverhalten« wurden überarbeitet. Die Frist zur Zulassung einer Blutspende bei sogenanntem sexuellen Risikoverhalten wurde dabei von zwölf Monaten auf vier Monate verkürzt. Dabei geht es um die Zeit, die nach einem solchen sexuellen Kontakt verstreichen muss, bevor eine Blutspende möglich ist.

Ein wichtiger Schritt, aber in meinen und auch den Augen der Deutschen Aidshilfe bleibt die Diskriminierung zukünftig bestehen. Denn Monogamie als Bedingung für eine Blutspende bleibt weiterhin Teil der Richtlinien. Außerdem wird ein Unterschied zu heterosexuellen Menschen gemacht, die mit wechselnden Partner*innen Geschlechtsverkehr haben. Sie dürfen nämlich trotzdem Blut spenden.

Ein großes Lob möchte ich hier Frankreich aussprechen, das eines der ersten Länder ist, das seit März die Frage der sexuellen Orientierung nicht mehr berücksichtigt. Auch Griechenland kündigte die Änderung der Richtlinien an. Zeit, nachzuziehen, Deutschland!

Warum erzähle ich das Ganze hier? Weil es ein gutes Beispiel dafür ist, dass sexuelle Selbstbestimmung auch in Deutschland nicht für alle Menschen erlebbar ist.

Bis 1969 waren einvernehmliche homosexuelle Handlungen sogar noch strafbar. Doch auch danach ging die Diskriminierung durch §175 StGB – der den homosexuellen Akt unter Strafe stellte – weiter, in Form eines höheren Schutzalters als bei heterosexuellen Handlungen. Angeglichen wurde das erst 1994 durch das Streichen von §175 StGB.

§175 STGB

So richtig bewusst wurde mir das gerade erst wieder bei einem Dreh für »Zervakis & Opdenhövel«. Für einen Beitrag der Talkshow traf ich mich mit Klaus Schirdewahn, einem schwulen Mann aus einer ganz anderen Generation als ich. Denn während ich mich freiwillig zu meiner Homosexualität bekannt hatte, wurde Klaus Schirdewahn seinerzeit in eine Situation gebracht, in der er der Polizei seine Sexualität unter massivem Druck und Irreführung gestehen musste. Bei einem Treffen in seiner Heimatstadt Ludwigshafen erzählte der heute 73-Jährige mir seine Geschichte.

1964 ist Klaus gerade 17 – und führt ein Doppelleben. Er ist schwul, wovon aber natürlich niemand weiß – oder besser wissen darf. Der Grund: Paragraf 175. Dieser stammt noch aus dem Kaiserreich und stellt sexuelle Handlungen zwischen

Homosexuellen unter Strafe. Schon ein Kuss reicht aus, um ins Gefängnis zu kommen.

Schutzräume für schnellen, heimlichen Sex gibt es keine. So lernt Klaus einen Gleichgesinnten auf einer öffentlichen Toilette, einer sogenannten Klappe, kennen. Es ist Winter, und die Minusgrade des Bahnhofsklos lassen Klaus und seine Bekanntschaft, die 21 und somit nur wenige Jahre älter ist als er, auf eine Toilette eines nahe liegenden Kaufhauses ausweichen – und werden dort prompt von der Polizei entdeckt und gleich mit aufs Präsidium genommen. Und das, obwohl sich die beiden einfach nur zusammen in einer Toilettenkabine befanden. Die Ausrede, einer von beiden hätte sich übergeben müssen und der andere wollte helfen, zählte nicht. Drei Stunden lang verhören ihn die Beamten und behaupten, sein Bekannter hätte längst gestanden. Als Klaus das hört, bricht er in Tränen aus und erklärt, was die beiden Männer auf der Toilette vorhatten. Die Beamten hatten ihn in eine Falle gelockt.

Das Problem: Klaus ist zum damaligen Zeitpunkt noch nicht volljährig, sein Bekannter schon. »Verführung Minderjähriger« lautet der Tatbestand, wegen dem er für ein Jahr ins Gefängnis kommt. Klaus bleibt auf freiem Fuß, aber das Amtsgericht Ludwigshafen verurteilt ihn zu einer zweijährigen Konversionstherapie.

In deren Rahmen soll ihm ein Psychologe die Homosexualität austreiben und ihn heilen. Methoden, die in mindestens 68 Ländern weltweit heute immer noch praktiziert werden. Dabei ist das fragwürdige Ziel von Konversionstherapien, aus vermeintlich kranken Homosexuellen gesunde Heterosexuelle zu machen. Doch der Begriff Therapie ist schon irreführend, denn Homosexualität ist ja keine Krankheit, die es zu therapieren gilt.

Zudem haben die Behandlungsmethoden wenig bis gar nichts mit klassischen Therapieformen zu tun – seien es religiöse Rituale, Elektroschocks, Medikamentengabe oder auch körperliche Gewalt. Noch bis in die Fünfzigerjahre wurde auch die Lobotomie, eine mittlerweile kaum noch praktizierte Operation am Hirn, bei der unter anderem Nervenbahnen durchtrennt werden, um psychische Krankheiten zu heilen, eingesetzt, um Homosexualität zu therapieren.

Oft werden Konversionstherapien von Ärzt*innen und Psycholog*innen, aber auch vermeintlichen Expert*innen angeordnet und durchgeführt. Meistens geschieht das im privaten Umfeld, weshalb die Öffentlichkeit davon nichts erfährt.

Eines der Länder, in denen solche Methoden häufig ausgeübt werden, ist Ecuador. Homosexualität ist hier seit 1997 legal, seit 2008 gibt es ein Antidiskriminierungsgesetz, das Schwule, Lesben und trans Menschen schützen soll, und gleichgeschlechtliche Paare dürften sogar offiziell heiraten. So weit die Theorie. Aber in der Praxis werden queere Menschen laut Amnesty International immer wieder öffentlich diffamiert und gefoltert. Mehr noch: Im Land gibt es über 200 von der Kirche betriebene Suchtkliniken, in denen nicht nur Menschen mit Drogen- oder Alkoholproblemen, sondern auch homosexuelle und transidente Menschen behandelt werden. Häufig auch unter Zuhilfenahme von Konversionstherapien.

Obwohl Konversionstherapien immer wieder als diskriminierend, menschenverachtend und stigmatisierend bezeichnet werden und als weltweites Problem gelten, wird erstaunlich selten dagegen vorgegangen. Erst seit Mitte 2020 sind Konversionstherapien in Deutschland gesetzlich verboten.

Der Paragraf 175, der Klaus und auch seiner Bekanntschaft zum Verhängnis wird, fällt erst 1994. Im Oktober 2017 folgt schließlich ein weiterer Meilenstein im Sinne der Gleichberechtigung: die sogenannte Homo-Ehe, also die Ehe, in der beide Partner das gleiche Geschlecht haben. Zeitgleich wird beschlossen, die Vorstrafen der nach Paragraf 175 zu Unrecht verurteilten Homosexuellen nach 1945 zu löschen. Es steht ihnen fortan eine finanzielle Entschädigung zu, aber nur jenen, die ein offizielles Gerichtsurteil nachweisen können. Der dafür eingerichtete Fonds besteht für fünf Jahre. Eine längere Dauer sah die Bundesregierung als nicht erforderlich an.

Im Juli 2022 läuft der Rehabilitierungs-Fonds aus. Bislang haben sich von rund 5000 Drangsalierten nicht einmal 500 gemeldet. Dabei wären noch 24 Millionen Euro im Topf. Doch viele von ihnen haben noch heute Angst. Klaus' größter Wunsch ist es, dass noch mehr Männer wie er die ihnen zustehende Entschädigung erhalten.

Was jedoch auch durch Geld nicht wieder ungeschehen gemacht werden kann, sind die weitreichenden Folgen der Diskriminierung – bis heute!

QUEER UND **RELIGIÖS** – EIN **WIDERSPRUCH?**

Der Staat und das private Umfeld sind nicht die beiden einzigen Ebenen, auf denen queere Menschen auch heute noch diskriminiert werden: Die großen Religionen haben ebenfalls oft Probleme mit gleichgeschlechtlicher Sexualität und ihre Anhänger*innen berufen sich auf die heiligen Schriften, wenn sie homosexuelle Menschen diffamieren oder sogar körperlich angreifen. Homosexuelle Paare dürfen laut Vatikan nicht gesegnet werden. Das unterscheidet sie absurderweise zum Beispiel von Tankstellen oder Zäunen!

Bis vor Kurzem etwa mussten die Angestellten des von der katholischen Kirche betriebenen Wohlfahrtsverbands Caritas noch um ihren Job fürchten, wenn sie eine gleichgeschlechtliche Ehe eingehen wollten.[2]

Die evangelische Kirche ist da schon etwas offener. Hier gibt es lesbische und schwule Pastor*innen und queere Gottesdienste, aber die Trauungszeremonie, die für heterosexuelle Paare gilt, wird vielen gleichgeschlechtlichen Paaren immer noch verweigert.

Aber warum ist das eigentlich so? Sex mit Menschen des gleichen Geschlechts zu haben und heteronormative Geschlechterrollen abzulehnen, wird von der Kirche oft als Sünde angesehen, weshalb die Betroffenen von Ausgrenzung, Gewalt oder eben der Empfehlung von Konversionstherapien betroffen sind. Ich kenne Menschen, die aufgrund ihrer Homosexualität von ihrer gläubigen Familie verstoßen wurden. Hinzu kommt: Neben der gesellschaftlichen Ausgrenzung bedeutet die Unvereinbarkeit der eigenen Sexualität mit religiösen Überzeugungen für viele homosexuelle Menschen auch einen inneren Konflikt.

Jedoch bewegt sich auch hier etwas: Im Rahmen des Zusammenschlusses »Out in Church« gingen vor Kurzem über 100 queere Katholik*innen an die Öffentlichkeit, um über ihre Erfahrungen in der Kirche zu sprechen. In der begleitenden ARD-Dokumentation »Wie Gott uns schuf« kommen viele von ihnen zu Wort, darunter Priester, Bistumsmitarbeiter*innen, Gemeindereferent*innen oder Religionslehrer*innen.

Da ist zum Beispiel die Geschichte von Jesuitenpater Ralf Klein. Jahrzehntelang macht er ein Geheimnis aus seiner Homosexualität. Als ein Kollege dennoch davon erfährt, meldet er ihn sogar im Vatikan. Doch irgendwann nimmt Klein all seinen Mut zusammen, outet sich bei einer Gemeindeversammlung und erhält wider Erwarten von allen Seiten Zuspruch. Für ihn ist die Sache klar: Jeder kann das Zölibat versprechen – ganz egal ob man hetero- oder homosexuell ist. Wichtig ist nur, dass man es einhält.

Oder die von Carla Bieling, die seit 13 Jahren als Dekanatsreferentin für Jugend und Familie für die katholische Kirche arbeitet. Sie verliert ihren Job – zwei Wochen vor Beginn ihres Mutterschutzes. Der Grund dafür ist, dass sie ihre eingetragene Lebenspartnerschaft mit einer Frau gegenüber ihrem Arbeitgeber offengelegt hat. Die Kirche sieht darin einen Loyalitätsverstoß und stellt Bieling vor die Wahl: Auflösung der Lebenspartnerschaft – oder Kündigung. Zwei Wochen vor der Geburt hat Carla Bieling keine Nerven für eine juristische Schlammschlacht und unterschreibt den Auflösungsvertrag.

Auch Evelyn Keusen erzählt in der Doku von ihren Erfahrungen. Sie ist ehrenamtlich bei den Pfadfinder*innen tätig – und asexuell. Ihrer sexuellen Orientierung wird sie sich erst mit Mitte 20 bewusst, auch wenn sie zuvor schon immer wieder das Gefühl hatte, nicht gesehen zu werden. Nicht von der katholischen Kirche, die der Meinung ist, dass Männer und Frauen heiraten und eine Familie gründen sollten, aber auch nicht von Gleichaltrigen, die sich wundern, warum sie mit 18 Jahren immer noch niemanden geküsst hat. Evelyn Keusen fühlt sich mehr und mehr unter Druck gesetzt und leidet zunehmend an Panikattacken. Aber genau wie Ralf Klein und auch Carla Bieling nimmt sie schließlich all ihren Mut zusammen und outet sich.

Die Geschichten der drei, aber auch die restlichen Portraits im Film haben mich ungemein berührt. Weil alle Protagonist*innen ihren Erlebnissen zum Trotz gerne Teil der katholischen Kirche sind. Viele arbeiten in Kindergärten, Schulen, Krankenhäusern und anderen von der Kirche geführten Institutionen. Sie lieben ihren Job und wollen nicht einfach aufgeben und sich verstecken – stattdessen fordern sie mehr Akzeptanz und sorgen für Sichtbarkeit, denn nur so kann ein Umdenken stattfinden!

Auch im Bildungssystem, Gesundheitssystem, in der Arbeitswelt und auf dem Wohnungsmarkt werden queere Menschen häufig diskriminiert; sie sind deshalb in vielen Ländern besonders armutsgefährdet. Die Folgen: Viele trans Personen etwa haben keine andere Wahl, als ihren Lebensunterhalt im Nachtleben und/oder mit Sexarbeit zu bestreiten. Davon erzählt beispielsweise die Serie »Pose«, die queeres Leben und das Gefühl der Gemeinschaft im New York der Achtzigerjahre beleuchtet. Überhaupt haben queere Communities in den letzten Jahren deutlich mehr Sichtbarkeit erfahren. Wie es davor war, zum Beispiel im Hinblick auf trans Schauspieler*innen, davon berichtet etwa die sehenswerte Netflix-Dokumentation »Disclosure«.

Darin berichtet zum Beispiel Candis Ayne von ihren Erfahrungen als Darstellerin in der Fernsehserie »Dirty Sexy Money«. An sich war es nämlich schon eine kleine Sensation, dass sie im Jahr 2007 in der Serie nicht als Prostituierte oder Dragqueen zu sehen war, sondern eine voll ausgearbeitete Rolle übernahm. Als Candis aber die fertige Episode sah, musste sie feststellen, dass man ihre Stimme künstlich tiefer gemacht hatte – um ihre Transidentität zu betonen. Nur eine von vielen unglaublichen Geschichten, die deutlich macht, in welchem Ausmaß transidente Menschen immer noch von Diskriminierung und sexuellen Übergriffen betroffen sind.

Sexualität ist einer der Lebensbereiche, die am meisten Normen und Wertvorstellungen unterworfen sind – und das Recht auf sexuelle und geschlechtliche Selbstbestimmung kann nur durch die ständige Kritik an diesen Normen realisiert werden.

FRAGEN AN MIRIAM

Wieso müssen sich LGBTQIA* für ihre Sexualität und Identität immer wieder rechtfertigen?

Weil Queerness immer noch nicht die Norm ist. Wir sind in der Minderheit und werden leider immer noch ausgegrenzt. Dabei ist aber ganz wichtig: Wir *müssen* uns nicht rechtfertigen. Wir können auch in den Gruppen, in denen gelebte Diversität normal ist, ohne Rechtfertigung leben. Aber wir *können* uns rechtfertigen, um anderen Menschen, die diese Perspektive noch nicht einnehmen konnten, genau diese zu ermöglichen – und ihnen zeigen, dass es mehr als nur Schwarz und Weiß gibt.

Was kann man tun, wenn man merkt, dass man diskriminiert wird?

Wenn du dich diskriminiert fühlst, ist es wichtig, im ersten Schritt tief durchzuatmen, um ein Stückchen zurück ins Hier und Jetzt zu kommen. Im nächsten Schritt könntest du dich zum Beispiel bei der Antidiskriminierungsstelle informieren. Du findest alle Kontaktmöglichkeiten dazu am Ende des Buches. Für dich persönlich ist es an diesem Punkt wichtig, dass du dich nicht zurückziehst oder versuchst, alles mit dir selbst auszumachen. Öffne dich gegenüber Personen, denen du vertraust oder die sich auskennen, wie Hilfe- und Beratungsstellen, und mach dir bewusst, dass an dir NICHTS falsch ist.

Davon abgesehen, dass sie menschenunwürdig sind, warum sind Konversionstherapien aus wissenschaftlicher Sicht Quatsch?

Das beginnt schon bei der Bezeichnung: Die Konversionstherapie soll etwas therapieren, was gar keiner Therapie bedarf. Es gibt überhaupt keine wissenschaftlichen Belege dafür, dass

Konversionstherapien wirken. Sie sorgen vielmehr dafür, dass Menschen sich diskriminiert fühlen, Ausgrenzung erfahren und Gewalterfahrungen machen, und können Depressionen sowie ein erhöhtes Suizidrisiko zur Folge haben.

Du musst dich für deine Sexualität nicht rechtfertigen.

Öffne dich gegenüber Personen, denen du vertraust oder die sich auskennen, wie Hilfe- und Beratungsstellen, und mach dir bewusst, dass an dir NICHTS falsch ist.

PLÖTZLICH **WOKE**

ZWISCHEN AUFKLÄRUNG UND ERHOBENEM ZEIGEFINGER

Einige von euch werden es vielleicht schon bemerkt haben: Am Ende dieses Buches gibt es ein Glossar, also eine Art Minilexikon, in dem ein paar Begrifflichkeiten aus den einzelnen Kapiteln noch mal etwas genauer erläutert werden. Einer davon: *woke.*

Das Wort hat sich in den vergangenen Jahren in den USA durchgesetzt, parallel zum Aufstieg der Schwarzen Bürgerrechtsbewegung, »Black Lives Matter«, die auf die sozialen Ungerechtigkeiten, denen BIPoC in den USA ausgesetzt sind, hinweist. Wer woke ist, ist wach und erkennt diese Ungerechtigkeit an. Seit 2017 ist das Wort im Oxford English Dictionary zu finden und bedeutet so viel wie: »Wachsam gegenüber rassistischer oder gesellschaftlicher Diskriminierung und Ungerechtigkeit«

Aber der Begriff ist trotzdem nicht nur positiv konnotiert, sondern wird insbesondere von Gegnern der Wokeness kritisiert.

Sie sind der Meinung, dass der Aktivismus junger Menschen nicht mehr auf dem Drang, die Welt zu verändern, beruht. Stattdessen sei man nur darum bemüht, den eigenen Narzissmus zu befriedigen und sich über andere zu stellen, indem man ihnen vorhält, wie wenig woke sie doch sind. Dadurch unterscheidet man nur noch zwischen richtig und falsch und lässt keinerlei Raum mehr für Dialoge.

Ein weiteres Argument: Wokeness und die damit einhergehenden, eindimensionalen Diskussionen würden die sogenannte *Cancel Culture* befeuern, in der bestimmte Menschen oder Gruppen gänzlich gemieden werden sollen, um ihnen kein Gehör mehr zu verschaffen. Diskutiert wird der Begriff auch in Verbindung mit »linker Identitätspolitik«, welche zum Ziel hat, Interessen von diskriminierten Minderheiten zu stärken. An ihren Mitteln, etwa einem sensibleren Gebrauch von Sprache, wird kritisiert, dass so neue Normen entstünden, die teilweise als Zensur empfunden werden. Die große Angst: das Ende der Meinungsfreiheit.

Das ist natürlich alles Unsinn. Denn bloß weil man etwas »schon immer« so gesagt hat, heißt das ja nicht, dass man als Gemeinschaft nicht darüber nachdenken kann, ob man das auch in Zukunft immer noch tun sollte. Und ein Bewusstsein für stigmatisierte Gruppen zu schaffen und zu checken, welche Privilegien man selbst den lieben langen Tag eigentlich genießt, kann von Zeit zu Zeit auch mal eine gute Sache sein.

Aber es ist trotzdem ein Balanceakt: Einerseits möchte man gerne für seine Community einstehen und vor allem dazu beitragen, diese Welt zu einem besseren Ort zu machen – und dazu gehört eben auch, anderen im Großen wie im Kleinen ihr Fehlverhalten aufzuzeigen. Andererseits möchte man auch nicht als neunmalkluger Besserwisser daherkommen, der allen anderen die Welt erklärt.

Die Frage ist ja auch, ob man das überhaupt will. Ich hatte da eigentlich gar keine Lust drauf – und bin auch nicht der Meinung, dass ich als schwuler Mann derjenige sein muss, der anderen erklärt, wie man denn nun mit Menschen »wie mir« umzugehen hat. Aber nach meinem Outing geriet ich vor und hinter der Kamera immer wieder in Situationen, in denen ich gemerkt habe, dass andere von mir erwarten, dass ich zu jedem Thema, das mit der queeren Community zu tun hat, doch bitte schön eine Antwort parat haben solle. Von der Regenbogendebatte während der Fußball-EM bis hin zur Ehe für alle.

Es wird davon ausgegangen, dass man zu allen Dingen etwas weiß oder sagt und eine Meinung hat – und wenn man diese kundtut, wird sie gleich als unumstößliches Statement für die gesamte Community weiterverwertet. Eine Meinung bleibt allerdings eine Meinung und ist nicht auf jede*n universell zu münzen.

FRAGEN AN MIRIAM

Ich habe selbst die Erfahrung gemacht, dass einige vermeintlich woke Menschen ihre jahrelang angestaute Wut nach draußen schreien und – auch dank der Cancel Culture – keinerlei Geduld mehr mit Andersdenkenden haben. Welchen Weg würdest du vorschlagen, wenn man seinem Frust Luft machen und Verständnis einfordern möchte?

Gehör finden und auch Verständnis erreichen funktioniert meistens, indem du ruhigere Töne anschlägst. Wenn du Wut oder Frustration verspürst und als diskriminierter Mensch das Gefühl hast, nicht gesehen zu werden, ist es wichtig, darüber zu sprechen – am besten auf einer Sachebene und mithilfe von Ich-Botschaften. Mit Sätzen wie »Ich fühle mich verletzt, weil…« oder »Ich fühle mich nicht gesehen, wenn…« kannst du deine Gefühle anhand von Beispielen erklären und deiner Wut Luft zu machen. Natürlich kannst du etwa in Gegenwart von Menschen, die dieselbe Meinung vertreten wie du, auch mal schimpfen oder lästern – aber du solltest das Ganze immer auch als Dampfablassen sehen und in den Kontext stellen. Tust du das in einem größeren Rahmen, besteht die Chance, dass du auf Menschen triffst, die damit nichts anfangen können und dann eher erschreckt darüber sind oder gleich abblocken – und das bringt wiederum gar nichts.

Stimmt. Ich habe auch am meisten von Menschen gelernt, die offen für meine Fragen waren und sich Zeit genommen haben, mir ihre Sichtweise zu erklären. Was kann man aber antworten, wenn man auf gewisse Fragen der Community keine Antwort weiß?

Du musst nicht auf alles eine Antwort haben – das habe ich ja, obwohl ich »Expertin« bin, auch nicht 😉. Es ist wichtig zu wissen, an wen du dich wenden kannst, um Antworten zu bekommen, die aus gesicherten Quellen stammen. Im Laufe der Zeit ändern sich Fragen und ihre Antworten – hab also nicht den Anspruch, immer korrekte, allgemeingültige Antworten parat haben zu müssen. Vergewissere dich allerdings, dass du nicht nur antwortest, um zu antworten, sondern dann auch klar kommunizierst, dass du dich lieber noch mal rückversichern würdest, oder empfiehl deiner Community Beratungsstellen oder Ähnliches, die auf aktuellem wissenschaftlichem Stand sind.

Warum siehst du die Cancel Culture als kritisch an?
Es ist immer wichtig, Aufmerksamkeit auf Missstände zu richten, vor allem, wenn sie den Umgang von Menschen oder Institutionen mit marginalisierten Gruppen betreffen. Aber die Tendenz, Dinge oder Meinungen ausschließen zu müssen, führt dazu, dass Menschen nicht mehr miteinander reden und zuhören und sich daraus eine Angstkultur entwickelt. Das finde ich vor allem im Zusammenhang mit Diskriminierung und Queerness gefährlich und es macht mich traurig.

Interessanter Ansatz, ich persönlich finde trotzdem, das gewisse demokratiegefährdende Meinungen in unserer Gesellschaft keinen Platz mehr haben sollten. Hier fällt mir vor allem der grobe Umgang miteinander in den sozialen Netzwerken auf. Inwiefern befeuert Social Media Hass?
Das Internet ermöglicht es Menschen, jederzeit, überall und völlig anonym Wut in Form von Hasskommentaren rauszulassen – lange auch, ohne Angst haben zu müssen, erkannt oder bestraft zu werden. Mittlerweile kann man Hatespeech aber zur Anzeige bringen. Allerdings ist der Umgang der Behörden damit oft nicht zufriedenstellend. Und ich sehe nach wie vor in meiner Praxis viele Menschen, die unter dem Hass, der auf Social Media verbreitet wird, leiden. In

meiner Arbeit geht es dann darum, diese Menschen zu stärken und sie unabhängig von der Meinung anderer zu machen. Aber ich zeige ihnen auch, wie sie sich dem Ganzen entziehen: eine Social-Media-Pause einlegen, keine Kommentare mehr lesen oder bewusst wahrnehmen, wann es einfach zu viel ist, und sich dann auch das Recht herausnehmen, sich jederzeit davon zu distanzieren.

Wie sprechen ja oft von einer Bubble, in der jede*r von uns lebt – wie geht man achtsam mit Menschen außerhalb der eigenen Blase um?

Um auch die Menschen außerhalb der eigenen Bubble, wie etwa Familie und Freund*innen, die nicht so aufgeklärt sind wie man selbst oder sich erst seit Kurzem mit unseren Themen auseinandersetzen, wahrnehmen und achtsam mit ihnen umgehen zu können, ist es ganz wichtig, eine gewisse Vorsicht an den Tag zu legen. Wenn du es schaffst, liebevoll mit anderen Menschen zu kommunizieren, die es vielleicht ganz anders gelernt haben, gibst du gleichzeitig dir die Möglichkeit, liebevoll mit dir selbst zu kommunizieren. Bestimmt erinnerst du dich an Situationen, in denen du dir gewünscht hast, andere würden liebevoller auf dich reagieren – also sei du selbst doch ein Vorbild für diese Menschen, die manche Dinge noch nicht so verstehen wie du, statt sofort wütend zu werden. Bleibe stattdessen neugierig und offen, höre genau zu, sei präsent und versuche, die andere Perspektive zu verstehen. Die gegenseitige Perspektivenübernahme ist beim Kommunizieren sehr wichtig. In einem Gespräch geht es auch um die Bereitwilligkeit, erst mal zuzuhören und nichts loswerden zu wollen. Darum, aufzunehmen, was dein Gegenüber dir sagt, es in dir wirken zu lassen und dann auf einer Sachebene zurückzugeben, was das mit dir macht. Das ist eine Methode der gewaltfreien Kommunikation und bringt dich auf jeden Fall weiter.

Gehör finden und auch Verständnis erreichen funktioniert meistens, indem du ruhigere Töne anschlägst.

Es ist wichtig zu wissen, an wen du dich wenden kannst, um Antworten zu bekommen, die aus gesicherten Quellen stammen.

Erlaube dir Social-Media-Pausen, wenn dir alles zu viel wird: Du darfst dich jederzeit von den Meinungen anderer distanzieren.

»**ICH** BIN **SCHWUL** UND DAS IST **GUT SO!**«

SELBSTBEWUSSTSEIN UND SELBSTWERT STÄRKEN

Neulich las ich in der Zeitung von einer Studie des Deutschen Instituts für Wirtschaftsforschung (DIW)[3], nach der queere Menschen, im Vergleich zur heterosexuellen Gesamtbevölkerung, deutlich häufiger von stressbedingten Krankheiten betroffen sind. Demnach leiden Menschen, die etwa homosexuell, bisexuell, trans, queer oder inter sind, aufgrund von Diskriminierungserfahrungen eher beispielweise an Depressionen oder Angststörungen.

Eine Studie unter der Leitung des belgischen Neurowissenschaftlers Philippe Mortier aus dem Jahr 2018[4] sah sich die Daten einer Befragung der Weltgesundheitsorganisation (WHO) von rund 13.000 Studierenden im ersten Studienjahr an. Die zeigten: Das Suizidrisiko junger queerer Menschen war vier- bis sechsmal so hoch ist wie bei gleichaltrigen Heterosexuellen. Der Grund: Mobbing.

Leider etwas, das ich nur allzu gut kenne. Gut, ein Außenseiter war ich eigentlich nie. Ich hatte Freund*innen in der Schule, ging mehreren Hobbys nach, die ich natürlich viel zu häufig wechselte, und war ein fröhliches Kind. Und trotzdem merkte ich immer wieder, dass ich doch anders war als viele meiner Mitschüler*innen.

In der Grundschule hatten wir eine Partnerklasse in Borken und wir alle bekamen eine*n Brieffreund*in zugeteilt. Kurz bevor wir uns das erste Mal persönlich treffen sollten, schlug unser Klassenlehrer vor, dass wir uns mit einer Fernsehsendung vorstellen könnten, die wir selbst aufnehmen sollten. Ich war begeistert! Schließlich stellte ich mich ins Rampenlicht, wann auch immer ich konnte. Keine Familienfeier war vor meinen Auftritten sicher. Mit meiner Großcousine Sabine »produzierte« ich in den Ferien, die wir gemeinsam verbrachten, Radiosendungen, in denen wir unsere Lieblingsbücher vorstellten, inklusive Nachrichten und Staumelder. Das Projekt war also wie für mich gemacht! Ich meldete mich für die Position des Ansagers, die allerdings damals alle weiblich waren.

Für alle jüngeren Leser*innen unter euch: Fernsehsender hatten früher, soweit ich mich entsinnen kann, meist weibliche Ansagerinnen, die beispielsweise zu Beginn eines Fernsehabends das Programm vorstellten und die jeweiligen Sendungen zusammenfassten. Damals war Heike Maurer, die ich Jahrzehnte später als Bewohnerin bei »Promi Big Brother« kennenlernen durfte, Ansagerin beim ZDF. So wie Birgit

Schrowange auch, der ich sehr gerne zuhörte. Sie hatte lange braune Haare und war einfach wahnsinnig attraktiv. Eigentlich sah sie aus wie die erwachsene Version meiner Puppe Yvonne.

Ich war also Fan, vielleicht hatte ich sie mir deshalb unterbewusst als Vorbild für meinen Ansagerjob genommen, den ich immerhin eine ganze Szene lang ausführen durfte. Mein Klassenlehrer entschied sich danach, mich für die nächste Szene auszutauschen. Einen Grund nannte er mir nicht. Rückblickend frage ich mich: War ich ihm etwa zu feminin in meiner Gestik und Sprache?

Natürlich kann ich hier nur mutmaßen, denn ich habe mit meinem Lehrer nie darüber gesprochen, aber ich erinnere mich noch ganz genau an das Gefühl, als er mir sagte, ich würde ausgewechselt. Dieses Gefühl, nicht gut genug oder richtig zu sein, wurde einige Jahre später noch verstärkt, dazu kam ein Gefühl der Bedrohung. Mehrere Gruppen gleichaltriger und älterer Jungs hatten es damals auf mich abgesehen. Sie stellten mir auf dem Weg zur Schule das Bein, schubsten oder beleidigten mich. Obwohl ich nicht auf den Mund gefallen war, machten mich diese Situationen hilflos, denn sie zielten auf meine sexuelle Orientierung ab. Eine sexuelle Orientierung, von der ich wusste, die ich aber im Alter von 14 oder 15 Jahren noch nicht vollständig begriffen hatte.

DIE **GESCHICHTE** VON **MAX**

An dieser Stelle fällt mir noch eine Geschichte ein, die ich gerne mit euch teilen möchte, weil sie zeigt, wie positiv ein Coming-out verlaufen kann – und wie sehr es auch den eigenen Selbstwert stärken kann!

Es gibt einen Menschen in meinem Leben, der mich seit gut zehn Jahren medizinisch behandelt. Wir pflegen ein freundschaftliches Verhältnis miteinander, erzählen uns persönliche Dinge und haben uns in der Vergangenheit auch auf Firmenjubiläen und private Geburtstage eingeladen. Max erzählte mir einige Jahre nach unserem Kennenlernen zum Beispiel auch, dass er einen Mann datete. Bis dahin kannte ich Max nur als Single und wusste, dass er mit Frauen zusammen gewesen war. Max ist also bisexuell, dachte ich mir und freute mich, dass er nun bei einer männlichen Bekanntschaft Schmetterlinge im Bauch hatte.

Es vergingen sicherlich noch zwei Jahre, die Max mit seinem Freund zusammen war, bis er sich mir eines Tages anvertraute, als ich wieder bei ihm auf der Liege lag. Wie so oft sprachen wir über Beziehungen, auch sein schwieriges Verhältnis zu seinen Eltern war ein Thema. »Wie, die haben deinen Partner immer noch nicht kennengelernt? Ihr datet doch nun schon seit zwei Jahren«, fragte ich verwundert. »Haben sie ein Problem damit, dass du eine gleichgeschlechtliche Partnerschaft führst?« »Hmm, mein Vater spricht schon seit Jahren nur noch das Nötigste mit mir«, erwiderte Max. »Nicht weil ich jetzt mit einem Mann zusammen bin, sondern weil ich selbst nicht als Mann geboren wurde.«

Ich konnte es nicht fassen. Dieser Mensch, mit dem ich schon etliche Stunden verbracht hatte, war transident. Dass Max sich nach all den Jahren endlich so wohlfühlte, sich vor mir zu öffnen, berührte mich. Ich fing vor Freude an zu weinen und schämte mich, so emotional auf diese Nachricht zu reagieren. Aber so viele Dinge machten plötzlich einfach Sinn. Wie oft war ich verwirrt gewesen, warum er in Bezug auf manche

Themen um den heißen Brei herumgeredet hatte. Gleichzeitig kamen mir Unterhaltungen in den Sinn, in denen wir blöde Schwanzvergleichswitze gemacht und darüber gewitzelt hatten, wer denn jetzt in der Beziehung aktiv oder passiv sei. Aber genau das war Max wichtig. Eben nicht ständig auf seine Vergangenheit angesprochen zu werden, sondern als cis Mann gelesen zu werden. Max ist ein Mann, der jetzt einen Mann liebt. Er sagt, er würde sich noch am ehesten als queer bezeichnen, aber eigentlich möchte er sich gar nicht labeln. Seit seinem Coming-out mir gegenüber sprechen wir immer wieder über LGBTQIA*-Themen, und ich bin so dankbar, dass er sich mir anvertraut hat. Unsere Verbindung ist dadurch noch viel tiefer geworden.

Viele Missverständnisse erklärten sich im Nachhinein, einiges haben wir aufgearbeitet. Aber ich kann Max' Vorsicht nachvollziehen. Das Verhältnis zu seinen Eltern ist schwierig, nach seiner geschlechtsangleichenden Operation haben sie ihn nicht einmal im Krankenhaus besucht. Unterstützung bekam er von seinen Großeltern, zu ihnen hat Max ein enges Verhältnis.

Mich hat es total berührt, als er mir erzählte, dass seine Oma damals einen Blumenstrauß mit ins Krankenhaus gebracht hatte: Auf der zugehörigen Karte stand »It's a Boy«! Wie süß ist das denn? Max ist in der ehemaligen DDR aufgewachsen, wo er keinen Zugriff auf Aufklärungsliteratur oder Ähnliches hatte. Er wusste selbst jahrelang gar nicht genau, was mit ihm los war. In seinem Frauenkörper fühlte er sich nicht wohl, dachte er sei lesbisch, aber hatte trotzdem den Eindruck, dass das auf eine gewisse Weise nicht die ganze Wahrheit sein konnte. Literatur gab es für ihn keine und erst als er später im Westfernsehen einen Beitrag über eine trans Frau sah, erkannte er sich wieder.

So wie Max hat jede*r von uns seine eigene Geschichte. Wir alle haben Ablehnung erfahren und sind deswegen teilweise so vorsichtig, uns zu öffnen, oder tun uns mit unserem Coming-out schwer. Deswegen müssen wir alle nachsichtig und liebevoll miteinander umgehen. Egal, ob du dich bereits geoutet hast oder deine Gründe hast, deine Sexualität oder Identität noch für dich zu behalten: Du bist nicht weniger wert und trotzdem ein Teil unserer Community!

MOBBING

»Schwuchtel« war damals das Schimpfwort für Jungs, während Mädchen als »Nutte« beschimpft wurden. Ziemlich bezeichnend, dass die vermeintlich beliebtesten Beleidigungen beider Geschlechter mit Sexualität zu tun haben, nicht wahr?

Sei's drum: Ja, ich war eine »Schwuchtel« und hatte vielleicht in einem Moment der Provokation zu sehr gezuckt. Die Jungs merkten jedenfalls, dass sie mich damit kriegten, und nutzten das auch aus. Die Situationen häuften sich. Auf dem Weg in die Aula wurde ich in der Pause angerempelt, mir leise »Du dumme Schwuchtel!« ins Ohr geflüstert. Meine Freunde bekamen den Grad der Verletzung nicht mit – wenn sie überhaupt mitbekamen, wie ich gehänselt wurde.

Das Schlimmste für mich war, dass es nicht nur eine, sondern gleich drei unterschiedliche Cliquen waren, denen ich sauer aufstieß. Zwei davon an meiner Schule und eine völlig unabhängig aus einem anderen Dorf. Ich hatte mich während einer Sprachreise in England mit einem Mädchen angefreundet, sie zeitweise sogar als meine feste Freundin gesehen. Bis ich 16 war und mich das erste Mal in einen Jungen verliebte, hatte ich eine Handvoll Freundinnen, für die ich damals eben auch Liebe empfand.

Der Anführer der Gruppe war der Ex-Freund dieses Mädchens und er und seine Freunde hatten es auf mich abgesehen. Vielleicht aus Eifersucht, vielleicht weil sie nicht verstanden, warum sie mit einer »Schwuchtel« abhing, aber auch diesmal fiel wieder dieses Wort, das sich mit jedem Hören tiefer in mein Herz bohrte.

In meiner Heimat verbrachte man die Ferien im Freibad. Fast jeden Tag fuhr ich auf meinen Rollerblades oder mit dem Rad ins Schwimmbad der Nachbargemeinde. Ein Tag sollte mir allerdings besonders in Erinnerung bleiben. Das Mobbing oder Hänseln, wie wir es damals nannten, war zu diesem Zeitpunkt schon so fortgeschritten, dass ich mich eigentlich auch nur noch in Gruppen von Freund*innen bewegte. Ich scannte die Liegewiese bei unserer Ankunft und machte Vorschläge, wo wir liegen könnten. Weit weg von den Jungs, die mich auf dem Kieker hatten. Wir verbrachten einen entspannten Tag, holten uns Pommes mit Ketchup oder gemischte Tüten Gummitiere vom Kiosk. Meine Freundin Daniela und ich entschieden uns, ein Paar Sprünge vom Sprungturm zu wagen und eine Runde schwimmen zu gehen. Nach einiger Zeit im Wasser war Daniela kalt und sie wollte zurück zu den Handtüchern gehen.

»Ich komme gleich nach!«, rief ich ihr zu und entschloss mich, die eine Bahn vom Sprungturm zum Ausgang zu schwimmen. Die Lage sah entspannt aus, niemand, der es auf mich abgesehen hatte, schien in der Nähe.

Am Ende der Bahn angekommen sah ich bereits den Pulk älterer Jungs auf mich warten. Sie hatten uns beobachtet und nur darauf gewartet, mich alleine anzutreffen. Sie sprangen ins Wasser und umkreisten mich wie ein Schwarm Haie. Sie lachten und taten so, als wären wir Freunde, die miteinander rangeln und herumalbern. In Wahrheit drückten sie mich mehrfach für längere Zeit unter Wasser. Ich dachte, ich ertrinke. Keiner half mir, dazu war ihr Ablenkungsmanöver zu gut, schreien konnte ich nicht, denn die Sekunden, die ich über Wasser war, brauchte ich zum Luftholen.

»Ey, der kriegt keine Luft mehr! Lasst die Schwuchtel doch!«, hielt einer der Jungs seine Kumpel zurück.

Sie ließen von mir ab und flüchteten aus dem Becken, bevor einer der anderen Badegäste etwas bemerkte. Das war der letzte Tag meiner Sommerferien, den ich im Schwimmbad verbrachte. Ich zog mich nach und nach von Aktivitäten zurück, die nicht in den geschützten vier Wänden stattfanden. Ich sagte Geburtstage ab, ging nicht mit ins Kino oder in die Stadt. Die Angst war zu groß, dass mir eine der drei Gruppen auflauern könnte. Die Realität holte mich auch nachts ein.

Ich hatte Albträume und bekam Schlafprobleme. Ich schlief häufig unter Tränen ein und bekam kein Auge mehr zu, wenn ich nachts aus dem Schlaf gerissen wurde, weil ich wieder schlecht geträumt hatte. Meiner Mutter fiel auf, dass die Tür zu meinem Zimmer immer aufbleiben und selbst nachts ein Licht im Flur angeschaltet sein sollte, um mir ein Gefühl der Sicherheit zu geben.

»Was ist los mit dir?«, fragte sie mich eines Abends und ich erzählte ihr von den Vorfällen, so wahrheitsgetreu, wie es sich für mich richtig anfühlte.

»Lass das doch nicht an dich ran, du bist doch nicht schwul!«, sagte sie, um mich zu trösten.

Mein Herz pochte ganz fest.

»Aber bin ich das nicht?«, fragte ich mich, ohne es laut auszusprechen.

Ich möchte hier ausdrücklich meine Mutter in Schutz nehmen, denn ihre Aussage ist mir zwar im Kopf geblieben, doch hatte sie zur damaligen Zeit einfach nicht die Aufklärung oder das Wissen, meine Situation richtig einzuordnen. In diesem Abschnitt möchte ich deshalb mit Miriam darüber sprechen, wie man sich als Gemobbte*r verhalten kann und wie man als Elternteil oder Freund*in bemerkt, was Gemobbte durchmachen und wie man sie unterstützen und ihnen helfen kann.

FRAGEN AN MIRIAM

Miriam, ich war damals völlig überfordert und habe mich irgendwie auch geschämt. Wie geht man damit um, wenn man gehänselt wird? Wie verhält man sich in solchen Situationen am besten?
Eins vorab: Hänseln ist eine Form von Mobbing. Wenn Mobbing darauf zurückzuführen ist, dass die betroffene Person der vorherrschenden Vorstellung von Weiblichkeit oder Männlichkeit nicht entspricht, dann sprechen wir von homophobem, transphobem oder heteronormativem Mobbing. Auch dieses spezielle Mobbing im Zusammenhang mit sexueller Identität kann, wie jede andere Form von Mobbing auch, bei Betroffenen zu schweren psychischen Problemen führen: angefangen bei Isolationsgefühlen, Konzentrationsstörungen oder Vertrauensverlust bis hin zu depressivem Verhalten und natürlich auch erhöhtem Suizidrisiko. Bist du selbst betroffen oder bekommst davon mit, solltest du dich umgehend an Vertrauenspersonen wie Eltern, oder Lehrer oder den Personal- beziehungsweise Betriebsrat wenden. Vielleicht hilft es dir auch, aktiv zu werden und ein Mobbingtagebuch zu führen. Darin kannst du konkrete Vorfälle dokumentieren, um selbst einen Überblick über die Situation zu behalten, aber deine Erlebnisse auch später vor den herangezogenen Personen besser schildern zu können. Denk vor allem immer daran: Es gibt keinen Grund dafür, dich schuldig zu fühlen oder zu schämen! Gemobbt zu werden ist eine schreckliche, traumatische Erfahrung, aber du musst sie nicht alleine durchleben! Du kannst dir Hilfe suchen und mit anderen Menschen gemeinsam eine Lösung finden! Wir haben, vor allem in Deutschland, das Glück, uns an eine Vielzahl von (kostenlosen) Beratungsstellen wenden zu können. Bei der Hotline der Telefonseelsorge (unter 0800/1110111 oder 0800/1110222 oder auf ihrer

Webseite https://www.telefonseelsorge.de/ findest du jederzeit Ansprechparter*innen, die geschult sind und dir (auch anonym) weiterhelfen. Es ist an dir, diesen Schritt zu gehen, auch wenn er Überwindung kostet. Darüber zu reden wird dir auf jeden Fall guttun und dich weiterbringen!

Wie sollten sich Eltern verhalten, wenn sie mitbekommen, dass ihr Kind gemobbt wird?

Auf jeden Fall sollten sie sich sofort an die Lehrer*innen und im nächsten Schritt gegebenenfalls an ihr Kind wenden und darüber sprechen. Beratungsstellen bieten professionelle Hilfe in Bezug auf den individuellen Fall. Ein paar davon findest du am Ende des Buches.

Wir sprechen oft von Selbstwert und von Selbstbewusstsein – ist das eigentlich das Gleiche?

Eine spannende Frage! Das sind auf jeden Fall unterschiedliche Dinge. Wenn du dir deiner selbst bewusst bin, das heißt deinen (negativen) Gefühlen, deiner Trauer, deiner Wut, deiner Scham oder der Angst, nicht dazuzugehören, erkennst du diese Gefühle erst mal an und musst sie nicht über deinen Körper ausdrücken – zum Beispiel durch Kopfschmerzen, Verspannungen oder Magen-Darm-Schwierigkeiten. Bist du dir deiner selbst bewusst, darf alles erst mal da sein, was du so wahrnimmst. Das ist das Tolle an Selbstbewusstsein – das komplette Repertoire an Emotionen in dir hat eine Berechtigung, kann aber zum Beispiel durch Therapie und Coaching angenommen und integriert werden. Der Selbstwert steigt, wenn du dir deiner selbst bewusst bist. Wenn du zum Beispiel den Glaubenssatz hast »Queer sein ist schlecht!« oder »Ich bin nicht genug!«, dann ist dein Selbstwert in diesem Fall gering, weil du deinen persönlichen

Wert in der Gesellschaft als ungenügend einschätzt. Wenn du dieses Gefühl aber integrierst und merkst, dass dein Selbstwert im Zweifel nichts damit zu tun hat, dass andere dich bewerten, und du diese Glaubenssätze auflöst, steigt dein Selbstwert. Denn du bist nicht das, was andere über dich sagen. Du bist nicht zu viel und nicht zu wenig – sondern genau so, wie du bist, gut.

Wie stärkt man sein Selbstbewusstsein?

Indem du dich regelmäßig mit dir selbst beschäftigst. Indem du vielleicht sogar mehrfach am Tag ein kleines Self-Check-in machst und dich fragst, wie es dir gerade geht. Das ist ein Thema, das sehr eng mit Achtsamkeit zusammenhängt. Denn wenn du auf dich achtest, wirst du dir bewusst, was gerade mit dir los ist, und stärkst damit dein Selbstbewusstsein. Das kann ganz einfach vonstatten gehen – zum Beispiel durch Microhabits. Frage dich: Atme ich gerade regelmäßig und tief ein und aus? Habe ich heute schon genug Wasser getrunken? Habe ich mich heute schon mal gestreckt, um meinem Körper etwas Gutes zu tun? (Wenn nein, tu es jetzt. 😊) Schon solche Kleinigkeiten sorgen dafür, dass du achtsamer mit dir selbst umgehst.

Wenn du von Mobbing betroffen bist, gibt es keinen Grund, dich dafür zu schämen. Du trägst keine Schuld daran! Traumatische Erfahrungen musst du nicht alleine durchstehen, sprich mit Vertrauenspersonen oder hole dir Hilfe bei Beratungsstellen!

Dein Selbstwert ist unabhängig von der Bewertung anderer.

Gehe achtsam mit dir selbst um und höre regelmäßig in dich hinein: Alles, was du wahrnimmst, darf sein. Deine Gefühle, auch die negativen, gehören zu dir.

NEUGIER ODER FRECHHEIT

WAS DU LIEBER NICHT FRAGEN SOLLTEST

Wenn du dieses Buch bis hierhin gelesen hast, dann dürfte dir schon aufgefallen sein, dass ich auch viele Dinge aus meinem privaten Leben erzähle. Ich tue das, weil ich glaube, dass diese Offenheit auch zu einem größeren Verständnis für die Anliegen queerer Menschen und somit auch einem besseren Miteinander beiträgt. Auch abgesehen davon werde ich immer wieder bestimmte Dinge zu meiner sexuellen Orientierung und dem damit verbundenen Leben gefragt – und in den meisten Fällen beantworte ich diese auch liebend gerne. Es gibt allerdings auch ein paar Fragen und Konzepte, die mir und vielen anderen Männern aus der Community gewaltig gegen den Strich gehen – weil sie die immer gleichen Klischees produzieren. Deshalb folgt an dieser Stelle ein kleines Best-of der Fragen, die du einem schwulen Mann besser nicht stellen solltest. Und das gilt im Umkehrschluss genauso für lesbische Frauen.

Wer von euch beiden ist eigentlich die Frau in der Beziehung?

Vielleicht liegt die Frage für manche Menschen nahe – denn schließlich gibt es in einer schwulen Beziehung nun mal keine Frau. Also muss einem von beiden doch diese Rolle zuteilwerden! Oder? Aber das Schöne ist ja gerade, dass es in einer schwulen Beziehung keine klassischen Geschlechterrollen gibt, die es zu definieren gilt. Und das heißt auch, dass man jemanden, der auf den ersten Blick nicht allen männlichen Klischees entspricht, trotzdem nicht gleich als Frau labeln muss. Und überhaupt: Männer entsprechen auch in Heterobeziehungen nicht immer den Klischees, nicht wahr?

Kennst du den? Der wäre was für dich – und der ist doch auch schwul!

Es mag vielleicht prozentual weniger Homosexuelle auf dem Planeten geben. Aber das heißt noch lange nicht, dass wir darauf angewiesen sind, uns von den Menschen in unserem Umfeld ungefragt Empfehlungen im Hinblick auf potenzielle Partner*innen geben zu lassen. Ein kleiner Denkanstoß: Nur, weil du vielleicht noch jemand anderen kennst, der schwul ist, heißt das ja noch lange nicht, dass die sexuelle Orientierung auch sofort einer Kompatibilität in Sachen Beziehung oder Sex gleichkommt – oder empfiehlst du auch deinen heterosexuellen Freund*innen ständig, diesen oder jenen anderen heterosexuellen Menschen unbedingt mal kennenlernen zu müssen?

Hast du es denn überhaupt mal mit Frauen probiert?

Dahinter steckt oft eher eine Aussage. Nämlich die, dass Sex mit einer Frau ja eigentlich der bessere sei. Und wenn man den erlebt hat, überlegt man sich das mit der Homosexualität ja vielleicht noch mal. Das ist natürlich Quatsch. Denn auch heterosexuelle Menschen müssen ja keine Erfahrungen mit dem gleichen Geschlecht machen, um sich ihrer Sexualität sicher zu sein.

Hast du keine Angst vor Krankheiten?

Warum? Weil man als heterosexueller Mensch bekanntlich immun gegen sexuell übertragbare Krankheiten ist?

Du siehst gar nicht schwul aus!

Zwar keine Frage, sondern eine Aussage – aber nicht weniger unnötig. Dieser Satz ist zwar als Kompliment gemeint, kommt aber doch hochgradig diskriminierend daher. Vielen Dank für die Information, was auch immer damit gemeint ist.

Ich hätte so gern einen schwulen besten Freund!

Ebenfalls als Kompliment gemeint, kommt die Bezeichnung doch einer Beleidigung gleich. Denn leider wird hier ja auch wieder eine Unterscheidung gemacht – zwischen schwulen besten Freunden und dem besten Freund. Eine Kategorisierung, die nicht sein muss. Denn am Ende geht es doch einfach nur darum, wie schön die zwischenmenschliche Beziehung ist. Oder etwa nicht?

Indem du solche Klischees reproduzierst, betreibst du Othering, grenzt also die Gruppe, der du dich zugehörig fühlst, von

anderen Gruppen ab, in diesem Fall von queeren Menschen. Du betonst damit die vermeintliche Andersartigkeit der LGBTQIA*-Community und verhinderst, dass sie in unserer Gesellschaft endlich als gleichwertig anerkannt wird.
Manche werden sich jetzt vielleicht denken: Was fragt man Homosexuelle denn dann? Ganz einfach: Genau die gleichen Dinge, die man auch heterosexuelle Menschen fragen würde! Ich bin recht geduldig und beantworte Fragen, die von Herzen kommen und gut gemeint sind, auch gerne. Das gilt aber natürlich nicht für die ganze Community. Deshalb solltest du dir immer überlegen, welche Antwort du dir auf deine Frage eigentlich erhoffst.

DER UMGANG MIT **HOMO-** UND **QUEER-FEINDLICHKEIT IM ALLTAG**

Es gab eine Zeit, in der ich gerne vor der Webcam masturbiert habe. Nicht einfach so, sondern in einem Chatroom, in dem jemand anders einem dabei zusehen kann. Dieser Videochat war Teil einer Datingseite, auf der man(n) andere Männer kennenlernen konnte. Dass es in diesen Videos dabei nicht unbedingt um das Teilen der eigenen Hobbys oder Lieblingsfarbe ging, verstand sich unausgesprochen. Ich erzähle das hier, weil sich daraus etwas ergab, was ich mir selbst gerne erspart hätte. Denn bei einer dieser Sessions muss mein Laptop und damit auch die Webcam verrutscht sein – und zwar so, dass mein Gegenüber nicht nur sah, was er von mir sehen sollte, sondern auch einen Blick auf mein Gesicht werfen konnte.

In diesem Moment bemerkte ich das natürlich nicht. Das passierte erst ein paar Wochen später. Eines Morgens wachte ich auf und hatte eine ganze Reihe anonymer Anrufe in Abwesenheit auf meinem Handy.

Ich hatte zu der Zeit gerade erst begonnen, »Promi Big Brother« zu moderieren – damals noch ohne Marlene Lufen –, und war mitten in der Produktion. Dennoch dachte ich mir bei den verpassten Anrufen nicht viel. Wir hatten mit der Sendung am Abend davor eine gute Quote erreicht und vielleicht wollte mir jemand vom Sender gratulieren. Als es erneut klingelte, hob ich ab. Ein Reporter von einer großen Tageszeitung meldete sich.

»Hallo, Jochen, erst mal Glückwunsch zur wirklichen tollen Staffel.«

Er wartete gar nicht auf eine Reaktion meinerseits, sondern quatschte einfach weiter.

»Du, ich wollte dich ganz kurz mal etwas zu diesem Bild fragen, das du am Montag gepostet hast. Auf dem Foto hältst du eine Nudel in der Hand und darunter steht: ›Wenn Daniel euch seine Nudel nicht zeigen möchte, dann zeige ich euch eben meine.‹«

Hierzu muss ich vielleicht erwähnen, dass der ehemalige Tennisprofi Daniel Köllerer aus Österreich an dieser Staffel von »Promi Big Brother« teilnahm. Daniel war es zu Beginn der Staffel egal, nackt vor den Fernsehkameras zu duschen. Als er jedoch mitbekam, dass ihm einige Kandidat*innen dabei auf den Penis schauten und er mittlerweile den Spitznamen »Die Nudel« weghatte, ließ er es bleiben – und ich erlaubte mir den kleinen Scherz mit meinem Abendessen.

»Du zeigst ja auch gerne Mal deine Nudel, nicht wahr?«, fragte der Reporter. Sein hämisches Grinsen konnte ich sogar durch die Leitung hören.

Hektisch gab ich parallel meinen Namen in die Suchmaschine ein. Keine Meldungen.

»Ich habe keine Ahnung, wovon Sie sprechen«, antwortete ich ahnungslos. Aber so langsam dämmerte mir, worauf der Reporter mit seiner zweideutigen Frage hinauswollte.

»Hören Sie, ich muss gleich wieder ins Studio«, wimmelte ich ihn ab. »Wenn Sie eine Frage haben, wenden Sie sich gerne an mein Management.«

Das tat er dann auch – und zwar, indem er die Screenshots, auf denen man mich vor der Webcam masturbieren sah, an sämtliche E-Mail-Adressen meines Managements sendete. Man muss dazu sagen, dass auf den Bildern nicht mal mein ganzes Gesicht zu sehen war, aber wenn man wollte, konnte man mich schon erkennen.

Meine Managerin handelte geistesgegenwärtig und ließ sofort per Anwältin eine Unterlassungsklage an die Tageszeitung schicken – mit der Begründung, dass auf den Bildern zum einen nicht ich zu erkennen sei und ich zum anderen in der Öffentlichkeit nicht über meine Homosexualität sprechen würde, weshalb man auch nicht journalistisch über meine sexuelle Orientierung berichten dürfe. Wie sich später herausstellte, hatte der Journalist scheinbar auf Eigeninitiative gehandelt – denn in der Redaktion wusste man überhaupt nichts von den vermeintlichen Fotos.

Das änderte aber nichts an meinem Gefühl. Ich schämte mich. Dass jemand anderes mir aufgrund dieser Scham eine derartige Angst einjagen konnte, tat mir weh. Was mir half, waren die Worte meines kanadischen Freundes David.

»Mensch, Jochen, du glaubst gar nicht, was Leute für vermeintlich perverse Dinge tun. Du hast dir nur gemeinsam mit jemand anderem vor der Webcam einen runtergeholt. Das ist doch wirklich nichts, wofür man sich schämen muss.«

So banal seine Aussage vielleicht auch klingt, hat sie mich doch durch schwierige Zeiten gebracht. Scham ist ein Thema, das mich sicher bis an mein Lebensende begleiten wird. Alleine diesen Absatz zu schreiben und immer wieder zu lesen, fühlt sich an, als würde mir jemand den Hals zuschnüren. Dass ein Mensch versucht, Profit aus meiner Sexualität zu schlagen und mich zu demütigen, ist mir bis heute unerklärlich.

Ich bin David dankbar, dass er diesen Satz damals zu mir sagte, denn die folgenden Tage, Wochen und Monate waren schrecklich. Jeden Tag überfiel mich das Gefühl der Ohnmacht. Meine Karriere könnte minutiös zerstört werden. Was sollten die Nachbarn bei einer solchen Schlagzeile denken? Was würde meine Familie, meine Verwandten sagen?

Zum ersten Mal verstand ich die Sorge, die meine Mutter bei meinem Coming-out an den Tag legte. Die restlichen »Promi Big Brother«-Liveshows zog ich professionell durch. Ich versuchte, gute Miene zum bösen Spiel zu machen, denn mein neuer Arbeitgeber durfte nichts von dem Vorfall erfahren. Oder hatten die Leute dort auch schon längt eine Mail von diesem Journalisten bekommen?

Jeden Abend um Mitternacht checkte ich die digitale Ausgabe der Zeitung und hoffte, dass ich nicht darin zu finden sei. Mein damaliger Freund machte zu dieser Zeit ein Auslandssemester in Australien und sprach mir gut zu: »Da wird nichts passieren, das dürfen die gar nicht. Und wenn doch irgendwas rauskommt und du untertauchen möchtest, nimmst du dir einen Mietwagen von Köln nach Amsterdam und fliegst zu mir. An einem holländischen Flughafen und hier wird dich keiner blöd angucken.« Im Nachhinein bin ich ihm und allen, die mich damals unterstützt haben, unendlich dankbar.

Dass er und auch meine anderen Freunde mich nicht »geshamed« haben – für das, was ich hinter verschlossenen Türen in meiner Privatsphäre gemacht hatte. Alleine diese Geschichte öffentlich zu machen, kostet mich sehr viel Überwindung. Aber ich möchte sie erzählen, weil diese Übergriffe immer wieder passieren. Im Großen in der Presse, im Kleinen in der Schule oder am Arbeitsplatz.

Ich beobachte mit großer Sorge, wie vermeintlich unschuldige Menschen wie die Kuh durchs Dorf getrieben werden und ihre Sexualität oder andere intime Details dazu genutzt werden, sie zu unterdrücken oder fertigzumachen. Ich konnte dieses Erlebnis dank meiner Freund*innen und vielen Therapiestunden verarbeiten. Und trotzdem macht sich immer wieder ein ungutes Gefühl in mir breit, wenn ich denke, intime Informationen über mich, die niemanden etwas angehen, könnten veröffentlicht werden. Aber diese Geschichte ist ein Teil von mir.

Meine Anwältin riet mir damals übrigens, möglichst wenig von meinem Privatleben öffentlich zu machen, um mich und meinen privaten Raum selbst zu schützen. Auch ein Grund, warum ich nach diesem Vorfall noch einige Jahre brauchte, bis ich mich mit einem öffentlichen Outing wohlfühlte. Diese Geschichte hatte also weitreichende Folgen in der Hinsicht, mich frei fühlen zu können.

Auch wenn sie mittlerweile keinen dominierenden Raum mehr in meinem Leben einnimmt, hat sie mich doch sehr geprägt. Hätte jemand mir damals gesagt, dass ich irgendwann mal sogar in mehreren Podcasts, wie »Yvonne & Berner« oder »Knall & Tüte« mit meinem Kumpel Lars, über meine offene

Beziehung oder andere schwule Tabuthemen reden werde, um diese zu entstigmatisieren: ich hätte ihm den Vogel gezeigt. Von dieser traumatisierenden Erfahrung ganz zu schweigen.

Scham ist ein Druckmittel. Sie verängstigt uns. Der Ausdruck *Walk of Shame,* also nach einem One-Night-Stand in den Klamotten des Vorabends und etwas derangiert nach Hause zu gehen, wird heute noch gerne belustigt benutzt. Eigentlich aber soll er beschämend auf die Person wirken, die – hoffentlich – ein schönes erstes Kennenlernen hatte. Ob mit oder ohne Sex. Abgesehen davon sollte es sowieso jedem Menschen selbst überlassen sein, mit wem er was teilen möchte. Es gibt mehrere Bücher und Filme, die sich mit Zwangs-Outings oder Nacktbildern und -Videos von Jugendlichen befassen. Ein Buch, das mich hier sehr bewegt hat, ist Hansjörg Nessensohns »Mut. Machen. Liebe.«. Aber auch die Filme »Homevideo« oder »Nackt. Das Netz vergisst nie.« beschäftigen sich mit dem Thema Sex- beziehungsweise Slut-Shaming in der Schule. Heutzutage Teenager zu sein, stelle ich mir in dieser Hinsicht echt hart vor. Wem kann ich vertrauen, was darf ich preisgeben? Alles wird digital festgehalten und »das Internet vergisst nichts«.

Andererseits hat das Internet die sexuelle Offenheit in den letzten Jahren natürlich auch deutlich vorangetrieben und für ein sexpositives Klima gesorgt. Heranwachsende Menschen lernen, ihre Bedürfnisse und Gefühle besser einzuordnen und äußern diese auch ganz selbstverständlich.

Auch auf Datingplattformen spielen moderne Themen wie Sex Positivity oder Polyamorie eine Rolle. Es gibt Apps wie Feeld, die nicht nur für Singles gedacht sind, sondern sich auch an Paare richten, die auf der Suche nach sexuellen Abenteuern oder polyamoren Beziehungspartnern sind.

Grindr, die weltweit am weitesten verbreitete Dating-App für schwule Männer, gibt einem die Möglichkeit, in verschiedenen Kategorien wie Otter (schlanke, behaarte Männer) und Clean-Cut (makelloses Erscheinungsbild) nach einem passenden Partner zu suchen.

Was schön ist: Man kann in vielen Apps seine sexuelle Identität angeben, die über hetero-, bi- oder homosexuell hinausgeht. Selbst bei Jobportalen gibt es mittlerweile die Möglichkeit, seine Pronomen anzugeben – und auch in E-Mail-Signaturen findet man immer öfter Hinweise darauf, wie jemand angesprochen werden möchte.

Auf Social-Media-Plattformen wie Twitter oder TikTok finden vermehrt auch queere Stimmen Gehör und liefern eine ganz neue und wichtige Perspektive auf Themen wie Pornografie, Sexarbeit oder Aufklärung.

Und dann gibt es ja auch noch OnlyFans, eine Plattform, auf der Creator*innen expliziten Content gegen Geld für Follower*innen bereitstellen. Ich kenne einige Menschen, die sich mit OnlyFans etwas dazuverdienen. Eine interessante Alternative zu den oftmals ausbeuterischen Tendenzen der klassischen Pornoindustrie, die auch dazu beiträgt, mit Tabus aufzuräumen, und gleichzeitig Selbststimmung und auch Sexarbeit normalisiert. Denn Sex und alles, was dazugehört, findet nicht mehr hinter verschlossenen Türen statt, sondern ist nur noch einen Klick weit entfernt.

Ich bin also einerseits dankbar, dass die junge Generation sexuell offener und toleranter ist, und trotzdem froh, in einer weitaus analogeren Welt aufgewachsen zu sein.

FRAGEN AN MIRIAM

Warum ist und war Sex-Shaming immer schon daneben?

Jemanden für seine Sexualität zu shamen bedeutet, ihn*sie auszugrenzen oder abzuwerten und ihm*ihr das Gefühl zu geben, abnorm zu sein. Manche Menschen verstehen dabei nicht einmal, dass sie genau das tun, weil sie in einem Umfeld groß geworden sind, in dem Shaming normal war. Diesen Menschen muss man durch Abgrenzung klarmachen, dass sie verletzendes Verhalten an den Tag legen.

Warum spielt die Sexualität anderer (prominenter) Mitmenschen für viele so eine große Rolle?

Menschen vergleichen sich gerne mit anderen – mit ihrem Nachbarn genauso wie mit den Leuten, die sie im Fernsehen sehen. Deswegen ist es eigentlich eine große Chance, wenn Prominente über ihre Sexualität sprechen und so den Horizont anderer Menschen erweitern.

Nun wird das Thema Sex medial ja leider meistens nur für Schlagzeilen oder aus Clickbaiting-Zwecken benutzt, also um Klicks zu generieren, statt sich damit wirklich zu beschäftigen. Aber lass uns die Scham, die wir ins uns tragen, noch mal genauer beleuchten. Was ist Scham eigentlich genau?

Scham entsteht in Situationen, in denen man sich beurteilt fühlt oder im Mittelpunkt der Aufmerksamkeit steht. Sexuelle Scham verspürt man in Situationen, in denen bestimmte Verhaltensregeln oder Konturen einer (kulturellen) Norm überschritten werden. Andere Menschen müssen dafür nicht unbedingt anwesend sein: Man kann auch Scham empfinden, wenn man mit sich selbst alleine ist – und sich vor sich selbst schämen. Scham ist seit der Frühgeschichte des Menschen der entscheidende Mechanismus, der den

Zusammenhalt in einer Gruppe etabliert und aufrechterhält. Das Interessante ist: Tiere empfinden keine Scham, sie scheint also genetisch verankert zu sein. Gleichzeitig ist Scham ein Gefühl, mit dem man nicht geboren wird, das erst reift. Sie kann auch durch die Auseinandersetzung mit Konzepten wie Religion entstehen.

Warum ist Scham für viele Menschen der LGBTQIA*-Community ein großes Problem?

Scham ist ein generelles Problem in unserer Gesellschaft. Tatsächlich wird uns aber schon sehr früh eingeimpft, dass Queerness nicht »normal« ist, sei es seitens der Kirche, durch gesetzliche Beschränkungen oder homofeindliche Menschen, die das Thema als Tabu behandeln. Das sorgt natürlich für Schuldgefühle und Scham.

Du hast gerade homofeindliche Menschen angesprochen. In letzter Zeit liest man vermehrt von Homofeindlichkeit und nicht mehr von Homophobie. Was ist der Grund dafür?

Der Grund ist, dass der Begriff *Phobie* eine extreme Angst bezeichnet. Du kannst zum Beispiel eine Schlangen- oder Spinnenphobie entwickeln, die sich darin äußert, dass du schon beim bloßen Anschauen des Krabbeltiers oder Reptils in einen Schockzustand fällst. Tatsächlich haben die wenigsten Menschen Angst vor homosexuellen Menschen, geschweige denn fallen sie bei deren Anblick in einen Schockzustand, weil ihr Körper keine andere Reaktion mehr zulässt. Es gibt aber Menschen, die eine Abneigung gegen Homosexuelle hegen – das nennt man dann *Homofeindlichkeit*.

Wie geht man mit Homofeindlichkeit im Alltag um?

Homofeindlichkeit kann für Betroffene sehr verletzend sein und ist gleichzeitig auch eine individuelle Erfahrung. Das heißt, du darfst sie ignorieren, du darfst dich darüber aufregen, du darfst wütend oder traurig sein und persönlich entscheiden, wie du damit umgehst. Wenn du dich sicher und stabil fühlst, kannst du deine Stimme erheben und sagen, dass es dich verletzt – und anderen Menschen so die Möglichkeit geben, ihre Perspektive zu wechseln.

*Nutze statt **Homophobie** lieber den Begriff **Homofeindlichkeit**.*

Bist du selbst davon betroffen, ist das eine individuelle Erfahrung – wie du dich fühlst oder darauf reagieren möchtest, ist allein deine Sache.

QUEER AS F*CK

QUEER AS F*CK

SICHTBARKEIT

QUEER AS F*CK

»MUSST **DU** DENN **IMMER** DARÜBER **REDEN?**«

WARUM SICHTBARKEIT WICHTIG IST

Wie ich bereits im ersten Teil erwähnt habe, erhielt ich auf mein Outing unfassbar viel Zuspruch – und bekomme ihn noch bis heute. Immer wieder erreichen mich in den sozialen Medien Nachrichten von Menschen, die sich durch meine Offenheit ermutigt fühlen, ebenfalls über ihre sexuelle Identität zu sprechen.

Hallo, ich verfolge Sie seit längerer Zeit in den Medien. Ihre öffentliche Arbeit und Aufklärung über Homosexualität ist sehr bemerkenswert. Ich selbst bin 43 Jahre alt und habe es vor circa zwei Jahren geschafft, mich vor meinen besten Freunden zu outen. War wirklich positiv überrascht, wie gut sie das aufgenommen haben. Erst gestern habe ich den Mut gehabt, mich vor meinen Eltern zu outen. Das war für mich die größte und schwerste Hürde, jahrelang habe ich davor Angst gehabt.

Tatsächlich habe ich mich all die Jahre umsonst fertig gemacht, denn meine Eltern haben sehr verständnisvoll reagiert. Dass auch meine Eltern Homosexualität mittlerweile als selbstverständlich sehen, habe ich Menschen wie Ihnen zu verdanken, die in der Öffentlichkeit stehen und sich dafür so extrem einsetzen. Dafür möchte ich Ihnen einfach mal DANKE sagen!!! Für mich beginnt ab jetzt ein neues Leben, welches ich mir lange erträumt habe.

Bitte machen Sie weiter so!!! 🙂

Ich habe Sie letzte Woche in der U-Bahn gesehen, aber mich nicht getraut, Sie anzusprechen. Ich möchte mich bei Ihnen bedanken, dass Sie ein Vorbild für alle queeren Menschen da draußen sind, ihren Weg zu gehen. Respekt dafür. 🙏🙏🙏 Ich wünsche Ihnen alles Liebe und herzlichen Glückwunsch zum Buch!

Ich muss sagen, dass mich solche Nachrichten mit unglaublich viel Glück und Hoffnung erfüllen. Denn diese Art von Zuspruch ist leider nach wie vor nicht selbstverständlich.

Wenn man wissen will, wo die Gesellschaft – oder wenigstens Teile von ihr – aktuell so steht, muss man eigentlich nur Facebook besuchen. Vor Kurzem habe ich dort einen Post veröffentlicht, in dem es um Hass und Homophobie ging. Die Aussage war: Ich werde auch weiterhin für die Rechte der LGBTIQIA*-Community kämpfen, solange diese uns (wieder) genommen oder gar nicht erst gegeben werden.

Die Reaktionen darauf ließen nicht lange auf sich warten. Es gab viel Zuspruch, aber natürlich auch einige Gegenstimmen. Zum Beispiel schrieb jemand sinngemäß unter den Beitrag, dass ich mich als queerer Mensch doch bitte nicht so wichtig nehmen solle. Diskriminierung würden schließlich auch heterosexuelle Menschen erfahren. Klar, heterosexuelle Menschen werden auch diskriminiert – etwa für ihre Hautfarbe, ihre Religion oder ihren finanziellen Status. Insbesondere Frauen erfahren auch Diskriminierung aufgrund ihres Geschlechts. Der große Unterschied ist allerdings, dass heterosexuelle Menschen nicht wegen ihrer Sexualität diskriminiert werden!

Aber an Reaktionen wie diesen merke ich leider immer wieder, dass nach wie vor ein großes Unverständnis für queere Menschen wie mich herrscht. Wir leben eben weiterhin in einer heteronormativen Gesellschaft. Und genau deshalb ist die Sichtbarkeit von queeren Menschen – und damit eben auch ein Outing – wahnsinnig wichtig.

Wann immer ich mich zu LGBTQIA*-Themen äußere, wird mir vorgeworfen, dass ich 20 Jahre nicht zu meiner Homosexualität gestanden hätte, aber jetzt die Moralkeule schwinge. Dazu muss man vielleicht sagen, dass ich eigentlich bereits geoutet war. Nur eben nicht öffentlich. Dafür hatte ich meine persönlichen Gründe, die in diesem Buch thematisiert werden. Und andererseits muss man auch erwähnen, dass genau dieses Engagement vonnöten ist, weil sich eben auch im Vergleich zu vor 20 Jahren immer noch viel zu wenig in Sachen Gleichberechtigung getan hat.

Mag sein, dass wir schon ein ganzes Stück weiter sind, aber ebenbürtige Mitglieder der Gesellschaft sind queere Menschen noch immer nicht.

CSD UND **PRIDE-EVENTS**

Genau deshalb sind Veranstaltungen wie der Christopher Street Day umso wichtiger. In den letzten Jahren wurden die Pride-Paraden in aller Welt sowie die Umzüge zum Christopher Street Day im deutschsprachigen Raum oft als spaßige Veranstaltungen der LGBTQIA*-Community wahrgenommen. Das sind sie zwar zum Teil auch, im Grunde – und das ist vielen Teilnehmenden auch heute noch wichtig – handelt es sich aber um Demonstrationen und Proteste.

Das erste Mal nahm ich Ende der Neunzigerjahre an einem CSD in Frankfurt teil. Zu dem Zeitpunkt stand ich noch nicht als Schauspieler in der Öffentlichkeit und fühlte mich dementsprechend sicher, weil ich keine Angst haben musste, öffentlich geoutet zu werden. Ich feierte und tanzte auf dem Wagen von einem meiner Stammclubs gemeinsam mit der Musikerin Sabrina Setlur und der Moderatorin Sonya Kraus. Eine tolle Erfahrung, weil die beiden sich als Allys zu erkennen gaben – auch wenn ich damals noch gar nicht wusste, was das überhaupt war.

In den Jahren darauf feierte ich auch bei CSDs in Köln und Berlin. Während ich in Frankfurt noch den Eindruck gehabt hatte, dass die Menschen glotzten, gafften und den Kopf über uns schüttelten, war das in Berlin und vor allem Köln ganz anders. Hier standen auch viele heterosexuelle Familien und Menschen am Straßenrand, die sich einfach für uns freuten und mit uns feiern wollten. Was das angeht, hat sich seit den Neunzigerjahren viel getan.

Ein ganz besonderer CSD war für mich der »Gay and Lesbian Mardi Gras«, den ich Mitte der Zweitausender mit meinem damaligen Freund in Australien feierte. Er gehörte einem Freundeskreis an, der sich in jedem Jahr ein anderes, durchaus politisch konnotiertes Thema aussuchte und passend dazu einen ganzen Wagen samt Kostümen gestaltete.

In dem Jahr war gerade der Film »Brokeback Mountain« in den Kinos angelaufen. In Anlehnung an das schwule Cowboy-Drama nannten wir unseren Wagen »Brokeback Mormons« – eine unverkennbare Kritik an der Homofeindlichkeit der streng religiösen Glaubensgruppe.

Wochenlang nähten Freund*innen von uns Kostüme, denen wir mit der Heißklebepistole und Pailletten bewaffnet den letzten Schliff verpassten. Wir studierten eine Choreografie ein und gaben sie im Anschluss bei der großen Rundfahrt durch Sydney zum Besten – auf einem Wagen, für den wir extra einen Mormonen aus Pappmaschee angefertigt hatten, der von einem Pappmaschee-Cowboy beglückt wurde. Die Atmosphäre, das Zusammengehörigkeitsgefühl und auch die politische Botschaft dahinter beeindrucken mich bis heute.

Ihren Ursprung finden Demonstrationen wie der CSD im Juni 1969 in den USA. Genauer: Im New York der späten Siebziger befindet sich auf der Christopher Street eine Bar mit dem Namen »Stonewall Inn«, die sich explizit an Menschen aus der LGBTQIA*-Community richtet. Vordergründig ein Schutzraum, ist die queere Bar für die Mafia auch eine Möglichkeit, Geld zu verdienen – und zwar, indem sie Schutzgeld von noch ungeouteten und betagten Bargästen erpresst; unter ihnen viele

Dragqueens und -kings, Lesben, trans Menschen sowie queere BIPoCs. Abgesehen von ihnen finden auch obdachlose Jugendliche, die zum Beispiel nach ihrem Outing zu Hause rausgeflogen waren, im »Stonewall Inn« immer wieder Unterschlupf.

Leider hat das »Stonewall Inn« keine Lizenz, um Alkohol auszuschenken. Hinzu kommt, dass Homosexualität in dieser Zeit als Straftat gilt. Es kommt also immer wieder zu Razzien. Denn die Mafia bezahlt die Polizei, damit die Bar geöffnet bleibt – und die Polizei kann im »Stonewall Inn« ein uns ausgehen, um zum einen Alkohol zu beschlagnahmen und dabei auch gleich einige der Gäste zu verhaften. Heute kaum mehr vorstellbar, aber damals war es üblich, die Festgenommenen und den Grund für ihre Festnahme – in dem Fall Homosexualität – am nächsten Tag namentlich in der Zeitung zu erwähnen.

Oft wurden die Barbetreiber und die Gäste schon im Voraus über die geplanten Razzien informiert. Weil diese meist am frühen Abend stattfanden, konnte man im Anschluss wieder weiterfeiern. Aber am 28. Juni 1969 sah die Situation ein bisschen anders aus. An diesem Tag tauchte die Polizei erst weit nach Mitternacht auf – und stieß deshalb auf Gegenwehr.

Die LGBTQIA*-Community aus dem »Stonewall Inn« begann, gegen die Polizisten zu demonstrieren und zu randalieren: Die Menschen schmissen Flaschen und Steine, drängten die Polizei mit Menschenketten ab und prügelten sich. Die Polizei wiederum versuchte, die Situation unter Kontrolle zu bringen, und ging ebenfalls teilweise gewalttätig gegen die Menschenmenge vor, was diese noch zusätzlich befeuerte. Viele Passanten, die im lebhaften Greenwich Village unterwegs waren, schlossen sich den Protesten an. Erst nach einigen Stunden gelang es der Polizei, die Straße zu räumen.

Die vom »Stonewall Inn« ausgehenden Unruhen an diesem 28. Juni sind Auftakt für viele folgende Proteste und Demonstrationen gegen die Diskriminierung und Polizeigewalt – und auch der Anstoß für die moderne LGBTQIA*-Bewegung, die sich seitdem für mehr Rechte und Gleichbehandlung einsetzt. Aus den Unruhen entwickelten sich schließlich die heutigen Pride-Paraden sowie der jedes Jahr im Juni stattfindende Pride Month.

In Anlehnung an die Straße, auf der sich das »Stonewall Inn« befand, setzte sich hierzulande die Bezeichnung Christopher Street Day durch. Die Paraden zum CSD finden in Deutschland zwar auch überwiegend im Sommer statt, aber nicht ausschließlich im Juni. Der Pride Month steht für Stolz, Toleranz und Selbstbewusstsein – und kämpft gegen Kriminalisierung, Diskriminierung, Stigmatisierung und Ausgrenzung.

Und obwohl sich seit dem denkwürdigen Juni im Jahr 1969 viel getan hat, haben der CSD und der Pride Month noch immer ihre Berechtigung. Denn in vielen Ländern ist Homosexualität auch heute noch strafbar und auch in Deutschland erleben Mitglieder der Community immer noch Gewalt.

Im Jahr 2020 kam es laut Bundesinnenministerium[5] zu 578 homophoben und 204 transphoben Straftaten. Die Bedeutung des Pride Months ist also nach wie vor groß: als Zeichen für eine bunte, tolerante Gesellschaft und auch als Protest gegen Ungerechtigkeiten.

PINK- UND **RAINBOWWASHING**

Inzwischen beteiligen sich auch viele Unternehmen am Pride Month: Sie hängen Fahnen raus, machen digital darauf aufmerksam, färben ihr Logo in Regenbogenfarben oder bringen

Pride-Kollektionen auf den Markt. Aber: Geht es den Brands darum, ein nachhaltiges Zeichen für Vielfalt zu setzen oder soll das bunte Marketing einfach nur das schnelle Geld einer direkt angesprochenen Zielgruppe in die Kassen spülen?

Oftmals steht dabei auch der Vorwurf des Pinkwashings im Raum. Dieser Begriff entstand eigentlich im Kontext von Marketingkampagnen US-amerikanischer Kosmetik- und Pharmafirmen. Im Kampf gegen Brustkrebs wollten einige von ihnen auf sich aufmerksam machen und druckten rosa Schleifen auf ihre Produkte. Ironischerweise standen viele dieser Produkte selbst im Verdacht, Brustkrebs auszulösen. Pinkwashing gilt seitdem in Anlehnung an die rosa Schleife als Oberbegriff für scheinheilige Marketingaktionen.

Deshalb spricht man im Hinblick auf queeres Marketing oft auch von Rainbowwashing – natürlich ein Verweis auf die Pride-Flagge. Gemeint sind damit Kampagnen von Firmen, die sich als LGBTQIA*-freundlich verkaufen, ohne etwas für die Community zu leisten.

Leider kam es in der Vergangenheit auch immer wieder vor, dass Firmen ihr Logo im Nachhinein wieder entfärbten oder Werbungen zurückzogen, weil sie keine Kund*innen verlieren wollten – oder die vermeintliche Queerfreundlichkeit wurde nur in der westlichen Welt demonstriert, während der Pride Month in queerfeindlichen Ländern von denselben Firmen nicht thematisiert wurde.

Am Ende ist es doch so: Diversität muss auch innerhalb der Unternehmen gelebt werden, statt nur nach außen. Wenn eine Brand sich als Queer-Ally präsentiert, sollte man sich also immer folgende Fragen stellen: Sind die Unternehmen mit der Community im Austausch? Sind sie schon lange dabei?

Engagieren sie sich sonst für LGBTQIA*-Rechte? Verstehen sie überhaupt die Bedeutung von Diversity? Und sprechen sie regelmäßig über LGBTQIA*-Themen?

QUEER UND **PROMINENT** – ÜBER DIE **ROLLE VON VORBILDERN**

Umso wichtiger ist es, dass Aktivismus nicht nur betrieben wird, wenn man Geld wittert. Menschen aus der Community sollten immer sichtbar sein. Denn wie jeder habe auch ich mich schon früh an anderen Menschen orientiert, die mich beeindruckten. Sie waren Vorbilder für mich. Das einzige Problem: In meiner Jugend gab es davon, zumindest in Deutschland, so gut wie keine.

Natürlich waren da Dirk Bach, Ralph Morgenstern, Hella von Sinnen und später Hape Kerkeling (der zwangsgeoutet wurde) – alle drei oft mit dem mittlerweile altbackenen, diskriminierenden Prädikat »Paradiesvogel« bezeichnet. Entertainer in Paillettensakkos, die mir persönlich als Jugendlicher viel zu schrill und zu schräg waren

Wobei das eigentlich gar nicht stimmt. Sie waren mir nicht zu schrill oder zu schräg, sondern eben genau so, wie mir von außen suggeriert wurde, wie ich nicht zu sein hatte. Im Grunde hatten sie ihre Identität aber schon gefunden und waren somit einen ganzen Schritt weiter als ich.

Ich liebte zwar ihren Humor, aber identifizieren konnte und wollte ich mich mit ihnen zu dem damaligen Zeitpunkt nicht. Ich erinnere mich an Walter Bockmaiers »Geierwally«, den ein Freund der Familie auf Videokassette hatte. Ich konnte mir den Film immer wieder angucken, so sehr liebte ich ihn, aber so sein wie die überzeichneten Figuren und deren Darsteller*innen wollte ich nicht.

Jahre später lernte ich Dirk Bach schließlich kennen und drehte mit ihm eine Serie und einen Film. Bis heute bereue ich, mich damals nicht noch viel intensiver mit ihm ausgetauscht zu haben, denn Dirk war ein wundervoller Mensch und sein Leben wies viele Parallelen zu meinem heutigen auf.

Auch Ralph, Hella oder Maren Kroymann durfte ich mittlerweile kennenlernen und mit ihnen arbeiten. Und ich bin ihnen für all das, was sie für unsere Community in der Gesellschaft bewegt haben, sehr dankbar.

Aber damals fehlte es mir an Menschen und vor allem schwulen Männern, an denen ich mich hätte orientieren können. Das änderte sich erst, als ich in die USA ging. Denn dort gab es dieses Schubladendenken gar nicht. Musicals oder Popkultur hatten dort einen ganz anderen Wert im Mainstream. In der Theater AG und im Chor, in den musischen Fächern: Überall waren Männer. Männer, die sich trauten, auf eine Bühne zu steigen und zu singen oder zu schauspielern – obwohl sie Vorzeigeathleten oder Mathegenies waren. Die einfach ein Kostüm anzogen und sich darin so selbstverständlich bewegten wie eben noch auf dem Schulhof. Männer, die bei alldem einen unglaublichen Spaß hatten – und die dafür nicht ausgelacht wurden oder sich schämten. Männer, die mir zum ersten Mal das Gefühl gaben, dass ich so sein durfte, wie ich wirklich bin.

Von diesen Menschen, die mich sosehr inspirierten, die mir Mut machten, die mir halfen, über mich hinauszuwachsen, gab es aber viel zu wenige. Vor allem, als ich wieder zurück in Deutschland war. Dabei ist es so wichtig, Menschen in seinem Leben zu haben oder in den Medien zu sehen, die den Weg, den man noch vor sich hat, schon gegangen sind.

Deshalb finde ich es umso schöner, dass sich das mit den Vorbildern in den letzten zwanzig Jahren doch merklich verändert hat. Wie viele Menschen, die in der Öffentlichkeit stehen, sich in den letzten zwei Jahrzehnten geoutet haben: nationale und internationale Schauspieler*innen, Musiker*innen, Sportler*innen oder Politiker*innen.

Genau diese Sichtbarkeit gibt der queeren Community das Gefühl, nicht alleine zu sein. Genau wie der Umgang mit queeren Themen in Film und Fernsehen. Es gibt mittlerweile Serien, in denen schwuler Sex gezeigt wird. In denen schwule Dating-Apps ganz selbstverständlich erzählt werden, sich Männer in schwulen Saunen zum Sex verabreden und man frauenliebenden Frauen beim Daten zuschauen kann. In denen die beste Freundin der Hauptdarstellerin keine cis Frau ist, sondern trans.

LEBEN IN EINER **HETERONORMATIVEN WELT**

Den meisten Menschen ist vermutlich nicht bewusst, dass wir in einer heteronormativen Welt leben. Ein paar Beispiele gefällig? Einem Mädchen zu sagen, dass es später einmal einen tollen Mann finden wird, oder davon auszugehen, dass alle Männer einen Penis haben – das ist schon Heteronormativität. Auch das Gender-Marketing bedient mit seiner Werbung für geschlechtsspezifische Produkte dieses Konzept.

Mir fällt zum Beispiel ein Playmobil-Set ein, das zwei »Shopping Girls« beinhaltet, die sich laut Beschreibung schon »seit Tagen auf ihren Einkaufsbummel freuen«. Und der Lebensmittelhersteller Kühne brachte vor einiger Zeit Gurken mit dem Namen »Madl« (knackig und lieblich) und »Bub« (knackig und kräftig) auf den Markt. Dieses Denken in Klischees wie etwa, dass die Farbe Rosa für Mädchen und Blau für Jungen gedacht ist, nennt man Heteronormativität.

Die Bezeichnung steht für eine bestimmte Weltanschauung – nämlich eine mit der Überzeugung, dass Heterosexualität die Norm sei.

Alles, was anders ist, weicht dementsprechend von dieser Norm ab und wird somit von der breiten Masse als unnormal wahrgenommen. Das kann sich auf ganz unterschiedliche Arten und Weisen ausdrücken: Queere Menschen haben, wie wir im Kapitel zum Thema Diskriminierung gelernt haben, oft nicht die gleichen Rechte wie Heterosexuelle. Aber sie sind auch viel seltener sichtbar. In Fernsehserien oder in Büchern haben wir es in den meisten Fällen mit einer heterosexuellen Handlung und heterosexuellen Hauptfiguren zu tun. Selbst in der allgegenwärtigen Werbung wird meist nur das Glück von Heteropaaren inszeniert. Und kommt es doch mal vor, dass ein Film die Geschichte eines beispielsweise schwulen Protagonisten erzählt, gilt er gleich als schwuler Film – auch wenn Sexualität gar kein tragender Pfeiler der Handlung ist.

Aber nicht nur queere Menschen leiden unter heteronormativen Strukturen. Auch Menschen, die nicht in ein binäres Geschlechtersystem passen, finden keine Möglichkeit zur Identifikation. Wer nicht klar Frau oder Mann ist, fällt somit automatisch aus dem Schema.

Diese Strukturen sind tief in unserer Gesellschaft verankert, wir wachsen alle mit ihnen auf, und auch wenn wir uns noch sosehr anstrengen, »besser« zu sein oder unsere Denkweisen und Handlungen reflektieren – wir bleiben trotzdem ein Teil dieser Strukturen, beziehungsweise ein Teil dieser Strukturen bleibt in uns. Dennoch lohnt es sich, dieses System immer wieder zu hinterfragen, wenn wir irgendwann in einer Gesellschaft leben wollen, in der sich kein Mensch unnormal oder falsch fühlen muss.

Denn in fast allen Staaten dieser Welt sind gleichgeschlechtliche Partnerschaften im Vergleich zu heterosexuellen schlechter gestellt.

Menschen, die sich zum gleichen Geschlecht hingezogen fühlen oder eine andere Geschlechtsidentität als ihre angeborene leben, erfahren immer wieder Diskriminierung. Es gibt Gewalt gegen trans- oder intergeschlechtliche Menschen, weil sie in ihrem Äußerem oder ihrem Verhalten nicht der vermeintlichen Norm entsprechen. Nicht selten stehen gleichgeschlechtliche sexuelle Handlungen unter hoher Strafe – oft droht verurteilten Menschen sogar der Tod.

Aber nicht nur das: Seit 2011 ist es zum Beispiel in Russland verboten, bei Demonstrationen die Regenbogenflagge mit sich zu führen. Und in den USA wurden in manchen Bundesstaaten 2016 Gesetze eingeführt, die trans Personen verbieten, die für sie richtige Toilette aufzusuchen.

In Polen, unserem in weiten Teilen christlich-konservativ geprägten Nachbarland, werden Mitglieder der LGBTQIA*-Community seit Jahren diskriminiert. Nachdem die rechtskonservativen Parteien 2019 die absolute Mehrheit holten, erklärten sie nach und nach immer mehr Gemeinden, Landkreise und Provinzen zu »LGBT-ideologiefreien Zonen«. Zwar ist diese Zone nicht juristisch durchsetzbar und wird vom Europäischen Parlament verurteilt, aber die Gefahr und die Bedrohung für die Community sind real.

Gerade erst hat das polnische Parlament für einen LGBTQIA*-feindlichen Gesetzentwurf gestimmt, der die ohnehin schon schlimme Lage für queere Menschen in Polen zusätzlich verschlechtern würde. Das Gesetz sieht nämlich ein Verbot von Werbung für geschlechtliche und sexuelle Vielfalt vor. Außerdem soll nicht mehr öffentlich für die Adoption von Kindern durch homosexuelle Paare geworben werden dürfen – und das Demonstrieren für die eigenen Rechte wäre queeren Menschen zudem auch verboten.

Ich möchte an dieser Stelle auch auf den Film »Achtung Lebensgefahr! – LGBT in Tschetschenien« (Originaltitel: »Welcome to Chechnya«) von dem Regisseur David France hinweisen, der die Erfahrungen und Schicksalsschläge von Mitgliedern der LGBTQIA*-Community in Tschetschenien, einer autonomen Republik in Russland, dokumentiert. Denn dort werden Homosexuelle seit Jahren verfolgt, entführt und gefoltert. Teilweise werden sie von ihrer eigenen Familie verraten und getötet. Präsident Ramsan Achmatowitsch Kadyrow weist die Vorwürfe im Film als falsch zurück und gibt zu Protokoll, dass es in seinem Land keine homosexuellen Bürger geben würde.

In Deutschland ist ein derartiger Umgang mit queeren Menschen aktuell nicht zu befürchten. Und doch erlebt laut einer Untersuchung des Deutschen Instituts für Wirtschaftsforschung (DIW) und der Universität Bielefeld[6] mehr als ein Drittel der Community regelmäßige Diskriminierung. Sei es die Nichtakzeptanz eines neuen Namens oder die Verweigerung, Toiletten entsprechend der Geschlechtsidentität nutzen zu dürfen. Besorgte Eltern demonstrieren auch hier gegen Antidiskriminierungsarbeit und Sexualaufklärung an Schulen. Es ist also noch ein langer Weg zu gehen.

QUEERBAITING UND QUEERCODING – LGBTQIA* IN FILM UND FERNSEHEN

Gleichzeitig verändert sich die Gesellschaft in vielen Punkten auch zum Guten. Immer öfter tauchen zum Beispiel Menschen aus der LGBTQIA*-Community in Filmen, Serien oder Büchern auf. Das reicht von Nebenfiguren bis hin zu Protagonist*innen. Das ist durchaus löblich, gleichzeitig aber auch interessant, wenn man bedenkt, dass queere Figuren schon immer in Filmen und Serien existiert haben – auch wenn sie vielleicht nicht direkt als solche erkennbar waren.

Aber ähnlich dem Pinkwashing, über das wir vor ein paar Seiten gesprochen haben, haben die Produktionsstudios erkannt, dass man mit queeren Charakteren durchaus eine ganz neue Zielgruppe erreichen kann. Oft greift man dafür auf eine Taktik zurück, die sich Queercoding nennt. Man schreibt also Figuren ins Drehbuch, deren Verhalten, Look oder Sprache durchaus als queer betrachtet werden können – aber anstatt sie einfach in die Handlung einzubauen, findet die Kommunikation im Grunde nur mit den Zuschauer*innen statt, die eine Repräsentation suchen.

Neben dem Queercoding gibt es auch das sogenannte Queerbating, wobei sich Letzteres auf das Verhältnis zweier Charaktere innerhalb der Story bezieht. Immer wieder gibt es Andeutungen auf eine queere Beziehung – die als solche aber nie gezeigt wird. Zum Beispiel im Disney-Film »Luca«, der an der italienischen Riviera spielt und von einem Wesen erzählt, das am Grunde des Meeres lebt, aber oft vom Leben jenseits der Wasseroberfläche träumt. Als Luca schließlich Alberto trifft, lernen die beiden gemeinsam genau dieses Leben kennen.

Der Film war ein voller Erfolg – auch und vor allem in der LGBTQIA*-Community, die in der Story der beiden Jungen, die an Land endlich sie selbst sein können und einen wundervollen Sommer erleben, nämlich durchaus queere Motive zu erkennen meinen. Regisseur Enrico Casarosa sieht das ein bisschen anders. Für ihn erzähle der Film viel mehr von Freundschaft vor der Pubertät. So oder so denke ich, dass der Film eine schöne Botschaft hat. Nämlich die, dass es völlig in Ordnung ist, anders zu sein.

Wenn ich merke, dass Menschen zu sich selbst stehen können, dann erfüllt mich das einfach mit großer Freude. Das Gefühl der Gemeinschaft und Zugehörigkeit nach all den Jahren, in denen man ausgegrenzt wurde, treibt mich als Menschen an. Dafür braucht es auch gar keine explizit schwulen oder queeren Geschichten. Wann immer ich Nächstenliebe, Vertrauen, Zärtlichkeit und Sicherheit spüre, berührt mich das ungemein. Egal ob in einem Disneyfilm oder bei »Bauer sucht Frau« – wenn zwei odd people einander finden, ist das für mich das Allerschönste.

Grundsätzlich sind Queercoding und Queerbating auf ihre Art förderlich für die Repräsentation queerer Charaktere in den Medien. Aber wichtig ist dabei, dass die Community es genauso wie heterosexuelle Menschen verdient hat, auf eine natürliche Art und Weise, ohne Effekthascherei oder weniger explizit repräsentiert zu werden. Glücklicherweise geschieht das immer öfter etwa in Serien wie »Pose«, »Sex Education« oder »Please Like Me« – übrigens eine meiner absoluten Lieblingsserien.

Denn nur so kann unsere Gesellschaft vielschichtiger und toleranter werden – und davon dürfen wir uns auch von Menschen nicht abbringen lassen, die der Meinung sind, dass die Abbildung von oder Aufklärung über LGBTQIA* Kinder überfordert oder sie sogar selbst homosexuell machen könnte!

FRAGEN AN MIRIAM

Wir sind in das Kapitel mit der Frage »Warum ist Sichtbarkeit so wichtig?« eingestiegen. Warum ist das denn nun so?
Sichtbarkeit ist wichtig, um der Gesellschaft ein Bild davon zu geben, dass queere Menschen auch eine Daseinsberechtigung haben. Wenn wir sichtbarer werden, werden wir immer mehr zur gesellschaftlichen Norm. Je mehr der Community zugehörige Menschen sich also zeigen, umso normaler wird es auch. Und genau aus dem Grund solltest du für dich oder für uns – egal, wie klein die Schritte auch sein mögen – sichtbarer werden.

Wie stehst du selbst zum CSD?
Ich mag den CSD wahnsinnig gerne, weil man sich dort sehr frei bewegen kann und von netten, freundlichen und aufgeschlossenen Menschen umgeben ist. Außerdem erhöht der CSD die Sichtbarkeit queerer Themen und zeigt den Menschen, die nicht zur Community gehören, dass diese neben Stigmatisierung auch unfassbar viel Stolz und Lebensfreude bereithält.

Warum tun sich manche queere Menschen so schwer mit Aktivismus und Repräsentation?
Dass viele von uns sich oft diskriminiert fühlen und Ausgrenzungserfahrungen machen, schürt natürlich Angst. Genau die ist dann ein Grund dafür, dass manche von uns sich im Hinblick auf Sichtbarkeit eher zurückhalten – ein Teufelskreis. Andere halten sich selbst vielleicht aber auch gar nicht für so repräsentativ oder stellen sich gerade noch viel zu viele Fragen voller Selbstzweifel, um ihre Identität so zur Schau zu stellen.

Wie kann es aussehen, die eigene queere Identität sichtbar zu machen?

Sichtbarkeit gibt es in allen Facetten. Sie fängt schon bei einem kleinen Like auf einem Social-Media-Kanal an oder bedeutet, Verwandte auf der Familienfeier darum zu bitten, sich nicht diskriminierend zu verhalten, auszudrücken oder keine homofeindlichen Dinge zu sagen. Sie kann aber auch bedeuten, den*die Parter*in in der Öffentlichkeit zu küssen, um anderen Menschen zu zeigen, wer wir sind und sein können. Sichtbarkeit umfasst alles, was dir das Gefühl gibt, zu zeigen, dass das, was du bist und wie du bist, völlig in Ordnung ist.

Wie kann man auch als Ally dabei helfen?

Es sind häufig die Menschen, die in der Mehrheit sind und nicht stigmatisiert, diskriminiert oder ausgeschlossen werden, die unserer Community helfen, ihr zur Seite stehen oder ihr den Rücken stärken können. Das können sie tun, indem sie sich empathisch und emotional auf uns einlassen und an allen Fronten – zum Beispiel beim CSD - für uns mitkämpfen, damit wir alle gleich behandelt werden.

Wie ordnest du Queerness in den Medien ein? Was fehlt?

Queerness findet in den Medien noch viel zu wenig statt. Da darf gerne noch deutlich mehr Sichtbarkeit her, wenn das Thema auch zu den Menschen vordringen soll, die damit bisher gar nicht in Berührung gekommen sind oder die es gar nicht betrifft. Denn nur so kann man ihnen klarmachen, dass Queerness normal ist und zu unserer Gesellschaft gehört wie Heterosexualität oder cis Identität auch.

Sichtbarkeit ist wichtig, um der Gesellschaft ein Bild davon zu vermitteln, dass queere Menschen auch eine Daseinsberechtigung haben.

Wenn die Community mit ihren Bedürfnissen und Probleme sichtbarer wird, wird sie auch immer mehr zur gesellschaftlichen Norm.

Sichtbarkeit umfasst alles, was dir das Gefühl gibt, zu zeigen, dass das, was du bist und wie du bist, völlig in Ordnung ist.

QUEER AS F*CK

QUEER AS F*CK

SEX

QUEER AS F*CK

IM STILLEN **KÄMMERLEIN**

WESHALB WIR MEHR ÜBER SEX REDEN SOLLTEN

So richtig aufgeklärt wurde ich eigentlich nicht. Das Einzige, woran ich mich im Hinblick auf Sexualaufklärung bei uns zu Hhause erinnere, ist ein Buch, in dem es neben jeder Menge Text auch ein paar recht eindeutige Darstellungen gab. Immerhin war mein Vater Biologielehrer. Das schaute ich mir manchmal heimlich an und fand alles wahnsinnig aufregend und spannend. Unsere Eltern hielten sich eher raus.

Deshalb konnte ich es auch kaum erwarten, bis in der Schule die Sexualkunde auf dem Lehrplan stand. Ich wollte unbedingt Kondome über Bananen und Zucchinis ziehen – genau so, wie ich das aus amerikanischen Spielfilmen kannte. Das passierte dann auch. Abgesehen davon war der Sexualkundeunterricht aber eher langweilig und dazu auch viel zu einseitig. Homosexualität etwa spielte überhaupt keine Rolle!

Stattdessen war der Sexualkundeunterricht eine rein heteronormative Angelegenheit. Sex, das war klar, ist eine Sache, die eigentlich nur zwischen Frau und Mann existiert. Gender oder gesellschaftliche Normen? Schönheitsideale? Queerer Sex? Fehlanzeige. Alle, die so wie ich nicht cis oder hetero waren, schauten in die Röhre.

Auch die »Bravo« schaffte da wenig Abhilfe. Zwar berichtete das Heft schon in den Siebzigerjahren über queere Künstler*innen, aber Homosexualität war in der Aufklärungsrubrik lange Zeit zwar kein Tabu, aber dennoch ein heikles Thema.

Selbst Dr. Sommer, der auf seiner Leserbriefseite dringende und für viele von uns zum damaligen Zeitpunkt noch peinliche Fragen rund um Liebe, Sex und Zärtlichkeit aus dem Kummerkasten fischte und beantwortete, ließ mich im Stich. Nicht selten hieß es dort: »Hilfe, ich bin in meinen besten Freund verliebt! Was kann ich tun?«

Schon die Überschrift leistete ihren Beitrag zu einem eher negativ konnotierten Framing – und auch die Antworten auf diese Fragen ließen für mich zu wünschen übrig. Denn anstatt die Leser*innen zu bestärken und ihnen zu vermitteln, dass auch gleichgeschlechtliche Liebe etwas vollkommen Gewöhnliches ist, wurde das Thema eher als etwas Belastendes oder Schlechtes dargestellt. Nur logisch, dass mich der regelmäßige Blick in die Bravo nicht unbedingt ermutigte, sondern eher verunsicherte.

Was eine Sache anging, war ich mir jedoch sicher: Ich wollte mich unbedingt selbst befriedigen. Angeregt wurde dieser Gedanke auch, weil ich bei Freund*innen immer öfter die Kataloge der Modehäuser durchblätterte, die deren Eltern halb- oder sogar vierteljährlich per Post bekamen. So dick wie ein Telefonbuch gab es in den Katalogen nichts, was es nicht gab. Die neusten modischen Trends, aber eben auch Kompaktstereoanlagen,

Fernsehgeräte oder Videorekorder – und halb nackte Männer. Denn die Seiten mit der Herrenunterwäsche und die darauf posierenden Männer, ihre behaarten Beine und trainierten Oberkörper übten eine ungemeine Faszination auf mich aus. Und so dauerte es nicht lange, bis ich meiner Mutter vorschlug, doch auch mal einen dieser Kataloge zu bestellen – und benutzte mein Interesse für allerlei technische Gerätschaften als Vorwand. Immerhin versuchte ich schön länger, meinen Eltern einen Videorekorder oder eine Satellitenanlage aufzuquatschen, was mir auch irgendwann gelang.

Und so wurde ich eben auch nicht durch meine Eltern oder den Sexualkundeunterricht, sondern das Fernsehprogramm aufgeklärt. Und zwar von Schmuddelfilmchen mit Titeln wie »Auf der Alm da gibt's koa Sünd« oder »Unterm Dirndl wird gejodelt« und Softpornos à la »Emmanuelle«, die zu nachtschlafender Zeit im Privatfernsehen rauf und runter liefen.

Tatsächlich wurden meine Klassenkameradinnen Maja, Verena und ich von diesen Filmen derart inspiriert, dass wir begannen, während der Schulstunden unsere eigenen Erotikgeschichten mit dem Titel »Porni, die lüsterne Magd« zu schreiben, in deren Verlauf die Titelheldin jede Menge verrückte und vor allem frivole Abenteuer erlebte. Während vorne Französisch unterrichtet wurde, steigerten wir uns immer weiter in das Erfinden neuer Handlungsstränge und Formulierungen hinein, bis sich das Sperma des männlichen Protagonisten irgendwann wie Schneegestöber über die Tiroler Berge legte.

Ständig überlegten wir uns neue Fortsetzungen mit noch bekloppteren, doppeldeutigen Titeln und trieben das Ganze so lange auf die, ähm, Spitze, bis unser Lehrer irgendwann dazwischenging und die Liste vor der gesamten Klasse vorlas. Gut,

Herr Werner wusste nur, dass wir den Unterricht störten, aber nicht, was wir auf den Zettel, den wir zwischen uns hin und her schoben, geschrieben hatten. Seine rote Birne beim Vorlesen unseres letzten Porni-Abenteuers werde ich nie vergessen.

Apropos: Meinen ersten Porno hatte ich in der hinterletzten Ecke des Kleiderschranks meiner Eltern entdeckt. Mein Vater hatte ihn bei der Tombola unseres Skiclubs gewonnen. Der Vorsitzende war praktischerweise auch der Chef der örtlichen Videothek. Wenn meine Eltern das Haus verließen und ich wusste, dass sie für eine Weile nicht zurückkommen würden, wartete ich noch ein wenig und schlich mich dann ins Schlafzimmer, um mir den Film anzusehen.

An wirklich viel erinnere ich mich nicht mehr. Nur daran, dass ich den Hauptdarsteller mit seinen behaarten Beinen und der behaarten Brust damals wahnsinnig sexy fand. Mein Herz klopfte vor Aufregung, während der Film lief. Anschließend musste ich die Kassette immer wieder genau zu der Stelle zurückspulen, an der ich begonnen hatte, was sich als heikles Unterfangen herausstellte. Einmal musste ich es in der Eile dann sogar vergessen haben, denn als ich die Kassette das nächste Mal holen wollte, war sie nicht mehr da.

Aber es gab noch einen weiteren Pornofilm – und der war im Besitz von meinem guten Freund Martin. Weil ich keinen Zugriff mehr auf die VHS meines Vaters hatte, war ich natürlich dankbar, dass Martin mir eine Alternative zu Verfügung stellte. Mit Martin blieb es allerdings nicht beim Anschauen der Filme, wir berührten uns auch gegenseitig. Wenn wir uns verabredeten, dann oft, um miteinander zu masturbieren. Aus heutiger Sicht klingt das vielleicht krass, aber für uns waren diese Doktorspiele überhaupt kein Problem. Wir hinterfragten unsere Treffen nicht, sie hatten in unseren Köpfen nichts Verbotenes oder »Schwules« an sich.

Es wird ja ohnehin immer erst dann komisch, wenn von außen mit dem Finger auf einen gezeigt wird. Aber solange das nicht passierte, machten wir damit weiter – und schauten dabei manchmal auch den Film, den er seinen Eltern stibitzt hatte. Selbstverständlich nur, wenn die nicht zu Hause waren – bis seine Mutter eines Tages früher als gedacht nach Hause kam und uns beide mit heruntergelassen Hosen vor dem Fernseher antraf. Martin versuchte die Situation noch zu retten, indem er erzählte, er wollte mal meine Jeans anprobieren, weil er sie so cool fand. Danach wurden wir vorsichtiger.

Mein erstes Mal hatte ich ein paar Jahre später während meinem Jahr in den USA. Ich ging dort richtig auf und lernte beim Theaterspielen Jimmy kennen. Er war der Präsident des Theaterclubs, ich wurde sein Vizepräsident und wir beide schließlich beste Freunde – und noch mehr als das. Ich fand Jimmy einfach toll. Noch toller war, dass niemand unsere Beziehung ahnte. Mir war von meiner Gastmutter Jenifer verboten worden, Mädchen mit auf mein Zimmer zu nehmen. Deshalb schöpfte auch niemand Verdacht, wenn Jimmy mich besuchte. Es bestand keine Gefahr. Noch so ein Punkt übrigens, der die Heteronormativität unserer Gesellschaft verdeutlicht.

Als beste Freunde durften wir natürlich auch beieinander schlafen, ohne dass jemandem das merkwürdig vorkam. Und im Grunde ging es dabei ja auch gar nicht so richtig um Sex. Und doch war die körperliche Nähe neu, wahnsinnig aufregend und wunderschön. Schließlich war ich auch zum ersten Mal verliebt.

Nach den ersten Treffen mit Martin und einem jugendlichen Entdecken der eigenen Sexualität, war dies hier noch mal eine ganz andere Stufe. Hier interessierte mich nicht mehr nur ein Männerkörper, sondern es waren auch Gefühle im Spiel. Das war neu. Bei unserem Abschied überreichte er mir ein selbst gemachtes Fotoalbum mit den schönsten Erinnerungen an unsere gemeinsame Zeit. Umso mehr war ich am Boden zerstört, als unsere Beziehung mit meiner Rückkehr nach Deutschland endete und ich meinen Schmerz über unsere Trennung, den Liebeskummer und die Sehnsucht mit niemandem teilen konnte.

Sex an sich ist also immer noch ein Tabuthema, wenngleich er in unserer Gesellschaft natürlich allgegenwärtig ist, sei es in der Werbung, in Musikvideos oder den Büchern, die wir lesen. Queerer Sex ist dabei besonders stigmatisiert: Die Scham, über die Miriam und ich bereits gesprochen haben, spielt hier noch mal eine größere Rolle. Aber auch Diskriminierung und Angst vor Ablehnung sind Gründe für die Verschwiegenheit.

FRAGEN AN MIRIAM

Wieso stellen Kinder ihre Sexualität nicht infrage und probieren sich mit Gleichaltrigen einfach aus?

Weil sie die gesellschaftliche »Norm« noch nicht internalisiert haben. Als Kinder sind wir noch nicht sosehr mit den Fragen konfrontiert, was richtig und falsch ist. Wir kommen erst in der Pubertät mit diesem Bewertungssystem in Kontakt.

Wann ist es okay, sexuell aktiv zu werden?

Das Spektrum an sexuellen Aktivitäten, die zu einer völlig normalen Entwicklung gehören, ist breit. Die sexuelle Entwicklung findet dabei schon ab dem zweiten oder dritten Lebensjahr statt. Kinder müssen die Chance haben, ihren Körper zu entdecken und soziale Regeln zu lernen. Es wäre daher sicher falsch, sexuell gefärbte Spiele zu verhindern und Kindern keinen Rückzugsraum zu ermöglichen. Jedoch sollten Kinder vor schädlichen Erfahrungen geschützt werden und sexuelle Übergriffe dürfen nicht bagatellisiert werden. Es kann für die verantwortlichen Erwachsenen entlastend sein, mit einer Fachkraft über schwierige sexuell gefärbte Alltagssituationen zu sprechen und eine Unterstützung in der Einschätzung der Situation zu erhalten.

Wie sollen Eltern damit umgehen, wenn ihr Kind sexuell neugierig ist?

Eltern sollten sich die Frage stellen, warum sie ihrem Kind etwas verbieten – oft ist Scham die Antwort darauf. Tatsächlich trägt jede*r seinem Kind gegenüber die Verantwortung, ihm eben nicht die eigenen Ängste zu übertragen oder das Kind von außen zu bewerten. Leider haben viele dabei häufig noch die Stimmen ihrer Großeltern oder vielleicht sogar Eltern im Kopf: »Das macht man nicht!« Solche

Glaubenssätze übertragen sich irgendwann auf uns und können nur aufgelöst werden, indem wir sie uns bewusst machen und aktiv verändern.

Warum machen Kinder Doktorspiele?

Doktorspiele sind meist Ausdruck von Erkundungsdrang und dem Wunsch, Grenzen auszutesten. Zwischen Neugierde und Scham sind noch viele weitere Gefühle involviert – solange Doktorspiele wechselseitig und ohne seelischen oder körperlichen Druck ausgeübt werden, müssen sich Eltern keine Gedanken machen.

Ist es okay, als Teenager kein Interesse an Sex zu haben beziehungsweise. ein sogenannter Spätzünder zu sein?

Es ist absolut in Ordnung, wenn du als Teenager keine Lust auf Sex hast. Du selbst bestimmst das Tempo und den Zeitpunkt, zu dem du das erste Mal sexuell aktiv werden möchtest. Es ist gar nicht so selten, dass Menschen ihre ersten sexuellen Erfahrungen erst nach der Teenagerzeit machen. Laut dem Jugendbericht der Bundeszentrale für gesundheitliche Aufklärung aus dem Jahr 2015, für den 6.000 Menschen befragt wurden, wann sie zum ersten Mal Sex hatten, lag das Durchschnittsalter zwischen 16 und 17 Jahren. Bis zum 18. Lebensjahr hatte jede*r Dritte noch keinen Geschlechtsverkehr, bis zum 25. Lebensjahr war es jede*r Vierte. Das ist also gar nichts Ungewöhnliches.

Wie macht man klar, was man gerne mag – und was eher nicht?

Indem man miteinander spricht. Du kannst deinem*deiner Partner*in mitteilen, was du gerne hast, wie du berührt werden möchtest, was dir gefällt – und was nicht. Die eigenen Bedürfnisse aus Scham nicht zu verbalisieren führt oft zu Missverständnissen und auch dazu, dass der Sex mindestens einem Beteiligten irgendwann keinen Spaß mehr macht. Vor der Kommunikation mit deinem*deiner Partner*in steht aber die Auseinandersetzung mit dir selbst. Frag dich selbst, was du im Bett gerne magst – und teile es dann mit.

Was ist eigentlich Konsens und warum ist er so wichtig?

Unter *Konsens* oder *consent* versteht man im Bezug auf Sexualität, dass alle beteiligten Personen sämtlichen sexuellen Handlungen aktiv zugestimmt haben. Die involvierten Menschen haben sich also darüber verständigt, was sie möchten, und setzen nicht voraus, dass alles in Ordnung ist, was passieren wird. Dabei ist es zum einen wichtig, persönliche Grenzen und Bedenken der jeweils anderen Menschen zu respektieren, aber auch die eigenen Wünsche und Grenzen zu kommunizieren.

*Jede*r trägt seinem Kind gegenüber die Verantwortung, ihm eben nicht die eigenen Ängste zu übertragen oder es von außen zu bewerten.*

Es ist wichtig, persönliche Grenzen und Bedenken der jeweils anderen Menschen zu respektieren, aber auch die eigenen Wünsche und Grenzen zu kommunizieren.

ZWISCHEN LUST UND SCHAM

DANN REDEN WIR ALSO ÜBER SEX

Wenn dieses Buch schon »Queer as f*ck« heißt, dann müssen wir natürlich auch über Sex reden. Das ist wichtig, weil ich glaube, dass viele Menschen zwar eine Idee von schwulem Sex haben – aber diese Idee ist, genau wie die von heterosexuellem Sex, noch längst nicht alles, was Sex sein kann.

2002 zog ich nach Berlin – und ich genoss das neue Nachtleben in vollen Zügen. Ich ging in Schwulenbars, ich ging ins Berghain – und ich ging cruisen. Das heißt, ich begab mich ganz gezielt auf die Suche nach Männern, mit denen ich Sex haben wollte – und sie mit mir. Und zwar nicht an irgendwelchen Orten, sondern an in der Szene durchaus bekannten Plätzen, die genau dafür vorgesehen waren.

Es gibt bestimmte Bereiche in Parks oder öffentliche Toiletten, die als Anbahnungsorte für zufällige und flüchtige sexuelle

Kontakte unter Männern dienen. Diese Treffpunkte waren vor allem in einer Zeit angesagt, in der Homosexualität strafbar war und man sich somit halböffentliche Räume suchen musste. Eben so, wie ich es im dritten Teil bereits beschrieben habe.

Wenn man diese Pissoirs betrat, war klar, dass man dort auf Gleichgesinnte traf – dem schnellen und unkomplizierten Sex stand also nichts mehr im Wege. Bekannte Orte wie diese gibt es in großen Städten übrigens bis heute, in ländlichen Gebieten werden Raststätten oder bestimmte Parkplätze aufgesucht.

Beim Ausgehen fand ich den ganzen Prozess eher mühsam. Meist waren nur Typen in meiner Altersklasse an mir interessiert. Und mit denen war alles ein bisschen komplizierter: Das Kennenlernen, das Knutschen und auch die Frage, worauf das alles am Ende hinauslief.

Bei den Männern über 30 schien das viel leichter. Irgendwie selbstverständlicher. Sie warfen dem Typen, auf den sie es abgesehen hatten, ein paar Blicke zu, dann wurde geflirtet, kurz darauf stand man schon knutschend auf der Tanzfläche und irgendwann verließ man gemeinsam den Club. Das faszinierte mich.

Beim Cruisen war das anders – aber genauso unkompliziert. An lauen Sommerabenden schlenderte ich in der Dämmerung an den Typen vorbei, die natürlich auch mich im Blick hatten. Wenn man sich gegenseitig gefiel, lief man im Anschluss hintereinander her, befriedigte sich auf die ein oder andere Art und Weise und ging dann wieder seines Weges.

Meistens, das muss ich an dieser Stelle auch gestehen, ging ich erst Cruisen, wenn ich aus einer Bar kam und dementsprechend schon ein bisschen was getrunken hatte. Denn für mich kostete das Ganze Überwindung, hatte etwas Verbotenes. Das hat sicherlich auch mit der Scham zu tun, mit der ich aufwuchs.

Einmal traf ich genau in dem Zustand einen Typen, auf den ich schon lange ein Auge geworfen hatte. In den Clubs hatte er mich immer ignoriert, aber hier trafen sich unsere Blicke. Mein Herz schlug mir bis zum Hals und ich nahm all meinen Mut zusammen. Aber auch nach dem Sex musste ich immer wieder an ihn denken. Immer wenn ich ihn dann in seinem Auto durch Berlin fahren sah, wurde mir richtig heiß. Eine Wiederholung gab es allerdings nicht mehr. Jahre später versuchte er mich dann noch mal auf einer Party abzuschleppen, aber da war der Zauber für mich verflogen. Tja, Zeiten ändern sich, aber die laue Sommernacht werde ich wohl nie vergessen.

SAFER **SEX**

Wenn wir über Sex sprechen, dann muss natürlich auch Verhütung ein Thema sein. Und die ist, egal ob Hetero- oder Homo-Sex, zumindest in einem Punkt völlig gleich: Kondome bieten einen wirksamen Schutz vor sexuell übertragbaren Krankheiten, auch vor HIV. Und doch verzichten auch bei schwulem Sex viele Männer auf die schützende Gummischicht.

Der Grund dafür dürfte PrEP sein, ein Medikament in Tablettenform, das neben Kondomen einen weiteren Schutz vor der Übertragung von HIV bietet. PrEP steht für Prä-Expositions-Prophylaxe. Richtig eingenommen, schützt es HIV-negative Menschen vor einer Ansteckung mit HIV.

Seit 2014 wird PrEP sogar von der US-amerikanischen Gesundheitsbehörde CDC empfohlen und ist seit 2016 auch in Deutschland als ergänzende Schutzmaßnahme vor HIV zugelassen.

Trotzdem ist PrEP hierzulande der breiten Masse noch ziemlich unbekannt. Während die U-Bahnhöfe in New York mit

Werbung für das Medikament zugepflastert sind und diese übrigens auch nicht nur auf schwule Männer abzielt, sondern die ganze Gesellschaft einbindet, haben viele Ärzt*innen hierzulande leider noch nie davon gehört.

Dabei übernehmen die gesetzlichen Krankenkassen in Deutschland seit 2019 sogar die Kosten: Bei Menschen mit erhöhtem HIV-Risiko kommen sie nicht nur für die Medikamente, sondern auch für die erforderlichen Begleituntersuchungen auf.

Die Verschreibung ist dabei mit einem Gesundheitscheck verbunden. Neben regelmäßigen HIV-Tests beinhaltet der auf Wunsch auch ein Screening auf andere sexuell übertragbare Krankheiten wie Tripper, Chlamydien oder Syphillis – denn vor denen schützt PReP nicht. Kondome bleiben also das Verhütungsmittel, das am umfassendsten schützt. Ein sehr großer Fortschritt ist allerdings die Freiheit, durch PrEP Sex ohne Gummi haben zu können.

FRAGEN AN MIRIAM

Warum flüchten sich viele Homosexuelle in Chemsex?

Unter Chemsex wird der menschliche Sexualverkehr unter dem Einfluss von synthetischen Drogen, also sogenannten »Chems« (Abkürzung von Chemicals), verstanden. In der queeren Szene ist er tatsächlich weiter verbreitet als unter heterosexuellen Paaren. Im besten Fall kann man Sex natürlich auch ohne Drogen genießen – ein paar Erklärungsversuche lassen sich aber finden: Wir haben schon darüber gesprochen, dass schwuler Sex ein immer noch tabuisiertes Thema ist. Schwuler Sex wurde und wird in der Öffentlichkeit oft als etwas dargestellt, für das man sich schämen sollte. Als etwas Falsches oder Negatives, das sich nicht gehört. Diese Scham und Hemmungen zu überwinden, gelingt manchen Männern nur oder leichter auf Drogen. Bestimmt spielt auch der Leistungsdruck eine Rolle, der aufgrund immer noch weit verbreiteter Narrative auf homosexuellen Männern lastet: Sie haben geile Körper und ständig Lust auf Sex. Solche Klischees schüren Erwartungen, denen man kaum gerecht werden kann. Wer einmal Sex auf Drogen hatte, rutscht dann außerdem schnell in die psychische Abhängigkeit – aus Angst, nüchtern überhaupt nicht mehr »performen« zu können.

Warum ist das gefährlich?

Chemsex findet meist unter dem Einfluss von Methamphetamin, Mephedron sowie GHB/GBL statt. Drogenkonsum birgt immer Gefahren. Um synthetische Drogen hier kurz zu pauschalisieren und nicht auf jede Droge einzeln einzugehen, mal eine grobe Zusammenfassung: Eine geringe Dosierung führt zu Euphorie, Enthemmung, Rededrang, sexueller Stimulation und Entspannung.

Bei höherer Dosis kommt es zu Beruhigung und Verlangsamung der Atmung. Kommt es zu einer Überdosierung, können Übelkeit, Erbrechen, Benommenheit und Atemnot eintreten. Im schlimmsten Fall kann der Konsum zum Tod führen.

Wie kann man sich davor schützen?

Wenn du das Gefühl hast, die Kontrolle über deinen Drogenkonsum zu verlieren oder Ähnliches in deinem Umfeld bemerkst, bieten die Deutsche Aidshilfe oder die Bundeszentrale für gesundheitliche Aufklärung die nötigen Anlaufstellen. Die Deutsche Aidshilfe hat außerdem die von den beiden Chemsex-Experten und Aktivisten David Stuart und Ignacio Labayen De Inza erstellte Handreichung zu Erste-Hilfe-Maßnahmen bei Chemsex-Notfällen ins Deutsche übersetzt. Du findest die Kontakte am Ende des Buches.

»SCHWULE KÖNNEN NICHT TREU SEIN!«

DIE BEDEUTUNG VON MONOGAMIE UND PROMISKUITÄT

Neulich traf ich meinen alten Bekannten Pierre wieder. Ich wusste, dass er und sein Partner eine offene Beziehung führen – und zwar so offen, wie man sich eine solche Beziehung eben vorstellt. Die beiden waren also nicht exklusiv füreinander, sondern hatten nebenher noch andere Sexualpartner. Das heißt, sie verabredeten sich für Sex mit anderen Männern oder gingen auch gemeinsam auf Sexpartys.

Pierre und ich unterhielten uns eine Weile, und ich schlug ihm vor, dass wir uns doch mal wieder gemeinsam mit unseren Partnern verabreden könnten.

»Den Michi gibt es leider nicht mehr«, erklärte mir Pierre.

Ich fiel aus allen Wolken. Denn von außen sah die Beziehung der beiden eigentlich immer total harmonisch aus. Eine tolle Partnerschaft auf Augenhöhe, in der man sich alles erzählen konnte. Das offene Beziehungsmodell der beiden war für mich der perfekte Beweis, dass Pierre und Michi einander blind vertrauten.

Weit gefehlt. Denn während Pierre das Modell der offenen Beziehung eher in Ausnahmefällen für sich beanspruchte, machte Michi immer häufiger von seinem Recht auf Promiskuität in der Partnerschaft Gebrauch. Am Anfang noch mit Ansage und eher selten, dann aber immer öfter. So oft, dass er irgendwann begann, sein Sexleben außerhalb der Beziehung zu verheimlichen.

Immer öfter hieß es, Michi müsse heute länger im Büro bleiben, während er eigentlich heimlich zum Sex verabredet war. Was er dabei vergaß: Die beiden hatten ein gemeinsames Auto, das man dummerweise auch noch über das Telefon tracken konnte. Als das Auto schließlich immer und immer wieder vor dem Haus parkte, in dem ein Mann wohnte, mit dem die beiden mal gemeinsam etwas gehabt hatten, wurde Pierre misstrauisch.

Ich erzähle diese Geschichte deswegen, weil sie für mich das Problem von schwulen Beziehungen aufzeigt. Viele schauen von außen auf promiskuitive Partnerschafen und wünschen sich genau das. Und natürlich kann das Ganze gut funktionieren. Muss es aber nicht. Denn sobald es die eine Partei mit der ehrlichen Kommunikation auf Augenhöhe weniger genau nimmt als die andere, entstehen Probleme.

Und während Michi sich durch die Weltgeschichte vögelte, hockte Pierre zu Hause und wurde immer unglücklicher. Als dann noch die Pandemie und der Lockdown im Frühjahr 2020 dazukamen und er immer öfter alleine zu Hause saß, fing er bereits morgens im Homeoffice an zu trinken. Um weiter im Job zu funktionieren, nahm er, wenn der Alkohol ihn zu sehr benebelte, Kokain, um wieder wacher zu werden. Dies ging über mehrere Monate. Erst als seine Eltern dahinterkamen, konnten sie ihn wieder auf die gerade Bahn bringen.

Ich erzähle die Geschichte auch, weil sie für mich noch eine größere Tragweite hat. Chemsex, also der Konsum von chemischen Drogen wie Mephedron, Ketamin und Crystal Meth beim Sex, ist in der schwulen Szene sehr weit verbreitet. Ich hatte auch schon Sex mit Männern, die zu unseren Treffen GHB, also Liquid Ecstasy, mitbrachten und so konditioniert waren, dass sie ohne die Droge überhaupt keinen mehr hochbekamen. Auf Reisen in andere Länder fiel mir auf, dass viele Männer die Droge dort auch deshalb konsumieren, weil sie deutlich günstiger als Alkohol ist. Das Problem: Der Grat zwischen Rausch und Koma ist schmal – denn GHB kann schnell überdosiert werden und nicht selten landen Menschen im Krankenhaus.

Neben der Überdosis birgt der Konsum natürlich auch die Gefahren der Abhängigkeit und bringt das Risiko mit sich, ungeschützten Geschlechtsverkehr zu haben. Gleichzeitig hilft der Drogenkonsum vielen Männern, überhaupt erst ihre Scham zu überwinden. Wie kann ein offenes Beziehungsmodell also funktionieren?

POLYAMORIE

Ich muss sagen, dass ich so gut wie keine länger andauernde schwule Beziehung kenne, die nicht irgendwann geöffnet wurde. Auch meine gehört dazu.

Für die erste Folge des Podcasts »Yvonne & Berner« hatten Felicia und ich uns ein ganz besonderes Thema überlegt. Eines, mit dem sich jeder Mensch identifizieren kann: Beziehungen.

Im Rahmen des Podcasts sprach ich zum ersten Mal auch über meine offene Partnerschaft – wobei sie vielmehr halb offen ist, wie ich durch den Podcast lernte.

Moment. Eine halb offene Beziehung? Was soll das denn bitte schön sein?

Halb offen bedeutet für meinen Partner Norman und mich, dass wir keine Liebesbeziehungen mit Dritten eingehen. Eine Affäre wäre für uns ein Problem. Dass einer von uns mit seinem Geliebten ein romantisches Wochenende verbringt – undenkbar! Aber wenn wir einen Flirt haben oder es einen Seitensprung gibt, können wir darüber sprechen, ohne dass es zum Aus unserer Beziehung führt.

Nach meiner letzten Beziehung vor der mit meinem Mann Norman war ich davon überzeugt, einen Partner zu wollen, mit dem es eine realistische Möglichkeit war, eine solche Beziehung zu führen, oder mit dem ich zumindest darüber diskutieren konnte. Bis zu dieser Erkenntnis war es ein langer Weg mit vielen Gesprächen mit meinen Freun*innen und Partnern, in denen diese Frage immer wieder im Raum stand. Letztendlich habe ich entschieden, dass das eine Form der Beziehung ist, die ich als sehr positiv werte. Allerdings muss das natürlich jede*r für sich entscheiden.

Für viele Menschen stellen offene Partnerschaftsmodelle ein Problem dar, weil man sich vermeintlich untreu ist. Und Treue ist für viele Leute eben ein Grundpfeiler für eine funktionierende Beziehung. Für mich gibt es da aber Unterschiede. Ich finde nicht, dass Treue mit sexueller Treue gleichzusetzen ist.

Vertrauen baut sich ja auf, wenn man das Gefühl hat, man ist ehrlich mit dem*der Partner*in und der*die Partner*in ist ehrlich mit einem selbst. Ich kenne heterosexuelle Paare, die wirken total glücklich, mit zwei Kindern, man gibt sich als perfekte Familie – und dann trifft sich eine*r aber im Parkhaus mit dem*der Geliebten für eine schnelle Nummer. Gesprochen wird nicht darüber, immerhin ist die Beziehung eine monogame. Und das ist ja schon der größte Vertrauensbruch. Wenn wir von Anfang an sagen, dieses und jenes ist in unserer Beziehung möglich, dann entsteht ein solcher Vertrauensbruch gar nicht erst – und das kann sehr bereichernd sein. Ein Ex-Freund sagte mal zu mir: »Du willst das Beste aus zwei Welten!« Ganz ehrlich: Warum denn nicht, wenn es für beide Partner funktioniert?

Interessanterweise sieht es im Tierreich auch nicht so romantisch aus, wie die meisten denken. Wie Felicia und ich in unserem Podcast von Dieter Lukas, einem Wissenschaftler am Max-Planck-Institut, erfuhren, verpaaren die meisten Tiere sich überhaupt nicht, sondern kommen nur zum wirklichen Geschlechtsakt zusammen. Nur selten kümmern sich Weibchen und Männchen gemeinsam um den Nachwuchs, wie es etwa bestimmte Affenarten tun, oder leben in monogamen Partnerschaften wie Störche oder Pinguine. Es gibt sogar Weibchen, die die Männchen nach dem Sex umbringen, bestimmte Spinnenarten zum Beispiel.

Ich verstehe natürlich, dass offene Partnerschaften nicht für jede*n das Richtige sind. Aber vielleicht hilft es dennoch, etwas unvoreingenommener auf die Beziehungsmodelle anderer Menschen zu schauen.

FRAGEN AN MIRIAM

Wenn wir über offene Beziehungen reden, kommt oft die Frage nach der Eifersucht auf. Woher kommt Eifersucht denn eigentlich? Wenn du eifersüchtig bist, verspürst du Selbstzweifel aufgrund von Konkurrenz. Aber woher diese Gefühle kommen, ist gar nicht so einfach zu beantworten. Denn was genau bei Eifersucht im Gehirn passiert, ist nach wie vor nicht richtig erforscht. Was ihre Entstehung angeht, weiß die Wissenschaft aber mittlerweile, dass sie durch bestimmte Faktoren begünstigt werden kann – zum Beispiel durch ein geringes Selbstwertgefühl. Wissenschaftler*innen, die sich mit Evolutionsbiologie beschäftigen, sind der Meinung, dass der Grund für Eifersucht darin liegt, durch sexuelle Beziehungen die Fortpflanzung und Weitergabe der männlichen Gene zu sichern, und dass auch eine emotionale Bindung des Paares dafür förderlich ist. Viele Psychotherapeut*innen glauben hingegen, dass Eifersucht kein Naturereignis ist, sondern ganz unterschiedliche soziale und psychologische Gründe hat: den Verlust von Liebe oder die Angst, aus einer Beziehung ausgeschlossen zu werden.

Was kann man dagegen tun?
Eifersucht kann manchmal durchaus hilfreich sein. Weil du durch sie etwa ein Gespür dafür bekommst, inwiefern und in welchen Momenten deine Beziehung vielleicht bedroht wird. Schwierig ist es, wenn die Eifersucht sich nicht mehr kontrollieren lässt und vielleicht sogar zu toxischem Verhalten führt. In diesem Fall solltest du dir klarmachen, dass Eifersucht nur mit dir selbst und deinen Gedanken zu tun hat. Das bedeutet aber nicht, dass Eifersucht falsch oder unangebracht wäre. Es kann jedoch erleichternd und hilfreich sein, wenn dir bewusst wird, dass du mithilfe deiner Gedanken Einfluss auf dein

Gefühl der Eifersucht und vor allem auf deine Reaktionen darauf nehmen kannst – wenn du möchtest.

Was rätst du Paaren, die ihre Beziehung nach einer gewissen Zeit oder von Anfang an offen gestalten möchten?[7]

Viele monogame Beziehungen enden, weil eine*r von beiden fremdgeht. Meistens geschieht dies heimlich, um den*die Partner*in nicht zu verletzen. Viele Paare denken deshalb immer wieder darüber nach, ihre Beziehung zu öffnen und somit das, was sonst heimlich geschieht, in direkter Absprache mit dem*der Partner*in zu tun. Eine offene Beziehung bedeutet in erster Linie, dass Affären oder sexuelle Abenteuer mit Dritten eingegangen werden. Eine offene Beziehung ist dabei übrigens nicht dasselbe wie eine polyamore Beziehung, in der man eine Liebesbeziehung zu mehreren Menschen eingeht. Beide Partner*innen müssen zu einer offenen Beziehung bereit sein, man darf nicht nur mitziehen, um den oder die andere*n nicht zu verlieren. Diese Augenhöhe sowie eine ehrliche Kommunikation sind die Grundvoraussetzungen für das Gelingen.

Bedeutet das Öffnen einer Beziehung auch, dass es keine Eifersucht mehr gibt?[8]

Selbstverständlich kann es auch in einer offenen oder polyamoren Beziehung zu Eifersucht kommen. Allerdings steht hier nicht so sehr das Was, sondern eher das Wie im Vordergrund der Diskussion. Wie habe ich kommuniziert, dass ich mit einem anderen Menschen intim war? Wie habe ich meine*n Partner*in an dieser Entscheidung teilhaben lassen und ihm*ihr so mögliche Ängste genommen? So lernst du und lernt ihr, euch im Laufe der Zeit mit der Eifersucht zu befassen und festzustellen, dass die damit einhergehenden Gefühle sich auch verändern können – und irgendwann kannst du dich vielleicht sogar für deine*n Partner*in freuen, wenn sie*er mal eine besonders schöne Erfahrung außerhalb eurer Beziehung gemacht hat.

Und wenn die Eifersucht doch nicht verschwindet?[9]

Wenn du dich doch verletzt fühlen solltest, hilft es dir vielleicht, die Situation zu spiegeln. Frage dich, inwiefern die Entscheidung von deinem*r Partner*in die emotionale Bindung zu ihr*ihm beeinflusst. Zu merken, dass das eigentlich gar nicht der Fall ist und euer Zusammensein und die Gefühle füreinander sich dadurch eigentlich gar nicht verändern, kann helfen.

Ich merke manchmal, dass mich bestimmte Entscheidungen oder Reaktionen meiner Expartner bis heute beeinflussen. Wie kann man sich von alten Mustern oder Erfahrungen aus früheren Beziehungen lösen?

Gerade wenn man in einer Partnerschaft schlechte Erfahrungen gemacht hat, etwa betrogen oder anderweitig verletzt worden ist, nimmt man die daraus resultierenden Sorgen eventuell mit in eine neue Beziehung. Dabei ist es jedoch wichtig, sich bewusst zu werden, woher diese Ängste und Muster kommen und dass sie nichts mit dem oder der jetzigen Partner*in zu tun haben. Gehe in dich und versuche, alte Glaubenssätze zu erkennen: Hast du das Gefühl, du bist nicht gut genug? Glaubst du, du musst dich anstrengen, damit andere Menschen dich mögen? Denkst du, dein*e Partner*in könnte dir »weggenommen« werden? Hast du diese falschen Glaubenssätze erst mal ausfindig gemacht, geht es darum, sie mit positiven zu ersetzen. Sage dir: »Ich darf vertrauen.«, »Ich bin immer genug und nicht zu viel.« Kleine Schritte und regelmäßiges Reflektieren im Alltag können Großes bewirken! Du kannst auch mit deinem*deiner

Partner*in über deine Ängste sprechen, aber sei dir bewusst, dass du alleine die Verantwortung dafür trägst, gegen sie anzugehen. Wenn du das allein nicht schaffst, ist es ratsam, sich therapeutische Hilfe zu holen. Jede*r von uns kann aus alten Mustern ausbrechen, um am Ende bessere gesunde Beziehungen zu führen!

Nimm Eifersucht in einem gewissem Maß an, denn sie kann ein Indikator dafür sein, in welchen Momenten eurer Beziehung ihr an euch arbeiten müsst. Wird die Eifersucht toxisch, musst du dir klarmachen, dass du mithilfe deiner Gedanken Einfluss auf sie nehmen kannst.

Eine offene Beziehung erfordert eine ehrliche Kommunikation auf Augenhöhe. Eine bestehende Beziehung zu retten sollte nicht der Grund für ihr Öffnen sein – das wird nicht funktionieren.

*Wenn dich negative Erfahrungen in früheren Beziehungen heute noch beeinflussen, mach dir bewusst, dass du deine Ängste nicht auf deine*n aktuelle*n Partner*in projizieren darfst. Ersetze stattdessen alte Glaubenssätze durch positive neue.*

DIE **SACHE** MIT DEM **KINDER-WUNSCH**

Im Podcast »Yvonne & Berner« haben Felicia und ich eine ganze Folge über den Kinderwunsch aufgenommen. Damals ging es vor allem um eine Freundin von Felicia, die mit ihren 41 Jahren gerne noch ein Kind bekommen wollte.

Nicht ganz unkompliziert: Denn während Männer teilweise mit 90 Jahren noch Kinder zeugen, liegt die Deadline bei Frauen bereits in den Vierzigern. Das erhöht natürlich den Druck, rechtzeitig eine Entscheidung zu treffen. Im Podcast sprachen wir mit Dr. Jörg Puchta vom Kinderwunschzentrum an der Oper in München über das Thema Social Freezing, also das vorsorgliche Einfrieren von Eizellen, um sie zu einem späteren Zeitpunkt zu befruchten. Social Freezing ist dabei nicht nur eine Möglichkeit für heterosexuelle Frauen, schwanger zu werden, sondern immer öfter auch eine Option für lesbische Paare.

Ein bisschen anders sieht es hingegen in schwulen Beziehungen im Bezug auf einen Kinderwunsch aus. Aber auch da gibt es verschiedene Möglichkeiten.

Eine wäre eine sogenannte Co-Elternschaft, also eine Art Zweckbeziehung oder auch Familiengründung auf freundschaftlicher Basis. Dabei sind verschiedene Konstellationen denkbar, etwa ein schwules Paar, das zusammen mit einer alleinstehenden Frau ein Kind bekommt. Oder ein lesbisches Paar, das einen schwulen Freund als Vater nimmt. Die Art der Erziehung und Einbindung aller Elternteile kann hierbei immer individuell gestaltet werden. Ich persönlich finde, es kann eine absolute Bereicherung sein, als Kind mehrere Elternteile zu haben, die dich prägen. Es erfordert aber auch Geduld, Kompromisse und gute Kommunikation. Wie eben in jeder Patchwork Familie auch.

Wenn schwule Paare das Sorgerecht nicht mit einer Frau teilen möchten, könnte auch eine Leihmutterschaft interessant sein. Hierbei erklärt sich eine Frau bereit, wahlweise mit einer körpereigenen Eizelle oder aber durch die Eizelle einer anderen Frau, schwanger zu werden und das Kind auszutragen, um es dann dauerhaft in die Obhut Dritter zu geben. Aber: Sowohl Leihmutterschaft als auch Eizellspende sind in Deutschland verboten und im Ausland wiederum unfassbar teuer. Wer das Ganze dennoch angehen möchte, findet in Russland vergleichbar günstige Hilfe – aber aufgrund der dortigen Ablehnung von Homosexuellen erwarten Anwärter*innen ein absolutes Versteckspiel und ein anschließend oftmals komplizierter Adoptionsprozess.

Ein anderer Weg hierzulande ist die Adoption – wobei auch diese immer schwieriger wird. Einfach aus dem simplen Grund, dass immer weniger Kinder in Deutschland zur Adoption freigegeben werden. 2019 kamen laut Statistischem Bundesamt[10] auf ein Kind etwa fünf Bewerbungen – und unter denen befinden sich immer öfter auch homosexuelle Paare. Denn im Zuge der Ehe für alle haben nämlich theoretisch auch gleichgeschlechtliche Paare die Möglichkeit einer Adoption.

Ein Schulfreund aus den USA adoptierte mit seinem Partner vor 15 Jahren ein Kind aus einer sozial schwachen Familie, in der beide Eltern drogenabhängig waren. Über die letzten Jahre zu sehen, wie sie selbst an der Situation wuchsen und in welchem behüteten Elternhaus ihr Adoptivsohn groß werden konnte, erfüllt mich mit wahnsinnig viel Liebe. Der eine Vater Philippine, der andere weiß und das Kind Schwarz aus Compton. Mehr Diversity geht nicht – und es funktioniert!

Eine weitere Option ist die Aufnahme eines Pflegekindes. Dabei gibt es die Möglichkeit einer Akut- beziehungsweise Bereitschaftspflege, aber auch die Dauerpflege, bei der das Kind langfristig in eine Familie integriert wird. Aber die Auswahlprozesse sind heftig und die bürokratischen Hürden hoch. Auch die psychische Belastung wird oft unterschätzt: Die Kinder kommen oft aus schwierigen Verhältnissen und sind nicht selten traumatisiert. Vielleicht liegt darin aber auch das Glück, einem jungen Menschen ein anderes Leben zu bieten.

WAS **ICH** NOCH **LOSWERDEN MÖCHTE …**

Als mir der Gedanke zu dem Buch kam, das du gerade in den Händen hältst, hatte ich die Idee, es »Glücklich gay« zu nennen. Ein Titel, den ich wieder verwarf, weil er mir zu kitschig und lieblich erschien bei all den Facetten, die das Leben so bietet. Außerdem war es mir wichtig, mit meinem Buch neben der queeren Community auch die heterosexuellen cis Menschen unserer Gesellschaft anzusprechen. Aber jetzt, da ich am Ende meines Buches angekommen bin, kam mir die Formulierung mit einem Mal wieder in den Sinn – und damit auch die Frage, was es denn eigentlich heißt, »glücklich gay« zu sein.

Dieses Buch behandelt viele homosexuelle und queere Themen, und ich wünsche mir, dass es einen wichtigen Beitrag zur Selbststimmung und Sichtbarkeit queerer Menschen leistet. Falls sich im Übrigen jemand aus der LGBTQIA*-Community darin nicht richtig repräsentiert fühlt, dann tut mir das aufrichtig leid! Ich wünsche mir aber auch, dass es vielleicht dazu beiträgt, Klischees und Vorurteile aus dem Weg zu räumen, dass es Menschen dabei hilft, aufeinander zuzugehen.

Denn am Ende ist dieses Buch eben für alle gedacht. Für Menschen, die – genau wie ich – manchmal an sich selbst oder ihren Entscheidungen zweifeln, denen es mal nicht gut geht. Für die, die ihren Platz in der Gesellschaft bereits gefunden haben, die ihren Weg gehen und einfach auf der Suche nach neuen Impulsen sind. Für alle Allys, die sich mit unserer Community solidarisch zeigen und neugierig sind, was queeres Leben bedeutet.

Beim Schreiben habe ich gemerkt, wie gut es mir getan hat, mich noch mal mit mir und meiner Geschichte auseinanderzusetzen. Damit, was ich in all diesen Jahren gefühlt und empfunden habe. Die Angst, die Scham, die Unsicherheit, aber eben auch den Mut und den Stolz. Heute kann ich sagen, dass ich keine Angst mehr habe. Stattdessen ist da nur noch Dankbarkeit, endlich der Mensch sein zu dürfen, der ich schon immer war.

Und vielleicht, denke ich mir, geht es gar nicht nur darum, glücklich gay, sondern überhaupt glücklich zu sein. Ich wünsche allen Menschen von ganzem Herzen, dass sie genau dieses Glück finden!

GLOSSAR

Genderqueer? Pansexuell? Enby? Zugegeben, Vielfalt kann manchmal ganz schön verwirrend und wortwörtlich ganz schön viel auf einmal sein. Deshalb an dieser Stelle ein Glossar mit den wichtigsten Begriffen und ihren Definitionen.

Ally(ship)

Kommt aus dem Englischen und bedeutet so viel wie Verbündete*r. Mit Allys sind also Menschen gemeint, die sich mit LGBTQIA*-Personen solidarisieren und für sie starkmachen – vor allem in Situationen, in denen sie es selbst nicht sein können.

Asexuell

Kein oder wenig Verlangen nach Sexualität mit anderen Menschen. Asexualität ist dabei keine bewusste Entscheidung und auch keine psychische Erkrankung, sondern eine sexuelle Orientierung. Asexualität ist ein Spektrum. So gibt es zum Beispiel auch asexuelle Menschen, die andere Personen attraktiv finden oder mitunter auch das Bedürfnis nach körperlicher Nähe empfinden. Eine weitere Ausprägung ist die Aromantik: aromantische Menschen haben kein Bedürfnis nach romantischen Beziehungen (im Sinne der gesellschaftlichen Vorstellung von Romantik).

Bareback

Eigentlich ein Begriff aus dem Rodeoreiten, ist Bareback die Bezeichnung für Analverkehr ohne Kondom. Männer, die sich mit PrEP vor einer HIV-Infektion schützen und keine Kondome benutzen, bevorzugen es Bareback.

Bear

Steht für stark Männer, die – ähnlich einem Bären – stark behaart sind.

BIPoC

Steht für Black, Indigenous Person/People of Color und bezeichnet Menschen, die nicht weiß sind und unter dem alltäglichen, institutionellen und anderen Formen von Rassismus leiden.

Bisexuell

Menschen, die sich sexuell, romantisch oder emotional zum männlichen und weiblichen Geschlecht hingezogen fühlen.

Butch

Die eher maskuline Geschlechtspräsentation oder -identität – vor allem bei lesbischen oder queeren Frauen. Wird oft dem Begriff »Femme« gegenübergestellt, kann aber auch eine nichtbinäre oder maskuline trans Identität meinen.

Camp

Beschreibt eine Ästhetik, die etwas aufgrund schlechten Geschmacks oder ironischen Werts als Camp bezeichnet. Bezog sich Anfang des 20. Jahrhunderts noch auf übertriebenes, affektiertes, theatralisches oder homosexuelles Verhalten. Der Essay »Notes on ›Camp‹« der amerikanischen Schriftstellerin Susan Sontag von 1964 rückt eher betonte Kunstfertigkeit, Frivolität, bürgerlich-naive Anmaßung und schockierende Exzesse in den Fokus. Wird oft in der Comedy, im Film und der Musik als Stilmittel benutzt.

Cisgender

Menschen, deren Geschlechtsidentität mit dem bei der Geburt zugewiesenen Geschlecht übereinstimmt. Trifft auf die meisten Menschen zu.

Coming-out

Der Schritt, durch den eine queere Person erst vor sich selbst und danach auch ihrem Umfeld gegenüber zu ihrer sexuellen Orientierung oder geschlechtlichen Identität steht.

Community

Siehe LGBTQIA*

Cruising

Die bewusste, aktive und meist mobile Suche nach einem*einer Sexpartner*in. Endet oft mit anonymem Sex in der Semi-Öffentlichkeit. Ein Gebiet, in welchem Cruising stattfindet, wird Cruising Area genannt.

CSD

Abkürzung für den Christopher Street Day. Am CSD finden weltweit Paraden zu Ehren aller schwulen, lesbischen, bisexuellen, asexuellen, trans oder sich anderweitig auf dem queeren Spektrum identifizierenden Menschen statt. Der Ursprung dieser Verantstaltungen liegt in den USA. Die größten Umzüge hierzulande gibt es in Köln und Berlin. In Deutschland spricht man meist vom Christopher Street Day, immer öfter aber auch wie im Rest der Welt von Gay Pride.

Diversität

Konzept, das die Verschiedenartigkeit der Menschen positiv betont und in ihr eine Bereicherung für die Gesellschaft sieht. Diversität kann sich dabei auf Merkmale wie Geschlecht, Kultur, Religion, sexuelle Überzeugung, Weltanschauung, körperliche Verfassung oder den sozialen Stand beziehen. Eine von Diversität geprägte Gesellschaft betrachtet Unterschiede als selbstverständlich und richtet ihre Strukturen dementsprechend aus.

Dragqueen

Männer, die ihrem Aussehen und Verhalten nach eine Frau darstellen – ganz egal ob dahinter künstlerische oder humoristische Absichten stecken. Oft überhöht man die Weiblichkeit mit Campness. Der Unterschied zu einem Travestiekünstler ist dabei, dass eine Dragqueen nicht mehrere Frauen darstellt, sondern immer wieder in die gleiche Rolle schlüpft. Der Mann hinter der Verkleidung identifiziert sich weiterhin als Mann. Drag hat also nichts mit Transidentität zu tun! Ein weiteres Vorurteil: Nicht alle Dragqueens gehören der LGBTQIA*-Community an.

Femme
Beschreibt die weibliche Geschlechtspräsentation oder -identität von queeren Frauen, Männern und nichtbinären Personen. Wird oft der Bezeichnung Butch gegenübergestellt.

Gaydar
Dieses Kofferwort aus *gay* und *Radar* bezeichnet die scheinbare Fähigkeit, andere Homosexuelle ausmachen zu können. Also der vermeintliche sechste Sinn oder ein geschicktes Messinstrument, das ausschlägt, sobald man Homosexuelle zu erkennen glaubt.

Gender
Unter dem Begriff Gender oder soziales Geschlecht werden Geschlechtsaspekte zusammengefasst, die eine Person in Gesellschaft und Kultur in Abgrenzung zu ihrem rein biologischen, also ihrem angeborenen, Geschlecht beschreiben.

Genderfluid
Menschen, bei denen sich Geschlechtsidentität über einen bestimmten Zeitraum oder auf bestimmte Situationen bezogen ändert. Das Geschlecht kann dabei zwischen allen möglichen Geschlechtern wechseln.

Gendersternchen
Dient der Sichtbarmachung der Geschlechtervielfalt jenseits eines binären Geschlechtermodells. Die Strahlen des Sternchens, die in verschiedene Richtungen zeigen, stehen dabei für die unterschiedlichen Geschlechtsidentitäten. In der Schriftform kann anstatt des Sternchens auch ein Doppelpunkt verwendet werden.

Hanky Code
Ein Farbcodierungssystem, bei dem eine Person ein farbiges Tuch, meist ein Bandana-Halstuch, mit einer bestimmten Farbe in der Gesäßtasche trägt, um dadurch andere über ihre Interessen, Wünsche und Geschlechterrolle zu informieren.

Hatespeech
Beiträge, Kommentare, Fotos oder Videos, die im Internet veröffentlicht oder geteilt werden und sich meist gegen Gruppen wenden, die auch im realen Leben ausgegrenzt werden. Viele der menschenverachtenden, abwertenden und volksverhetzenden Inhalte sind strafbar. Kann auch Menschen treffen, die sich für die Rechte dieser Gruppen einsetzen und gegen Menschenfeindlichkeit einsetzen.

Heteronormativität
Gesellschaftliches Ordnungsprinzip, das Geschlecht und Sexualität normiert und auf einem binären Geschlechtersystem von männlich und weiblich basiert.

Heterosexuell
Steht für Liebe und sexuelle Anziehung zwischen Mann und Frau.

HIV/Aids

Obwohl die Begriffe häufig synonym verwendet werden, sind HIV und Aids nicht dasselbe. HIV steht für Human Immunodeficiency Virus, was so viel wie menschliches Immunschwäche-Virus heißt. Das HI-Virus schädigt die körpereigenen Abwehrkräfte, die vor anderen Krankheitserregern schützen sollen. Wird eine Infektion mit HIV nicht behandelt, kann sich der Körper irgendwann nicht mehr gegen andere Erreger wehren und erkrankt schwer an normalerweise harmlosen Krankheiten – diesen Zustand nennt man dann AIDS.

Homofeindlichkeit/Homophobie

Bezeichnet die negative Einstellung und Ablehnung oder Vorurteile gegenüber homosexuellen Menschen. Mitunter wird Kritik am Begriff der Homophobie geübt, da eine »Phobie« eine Angststörung bezeichnet. Viele homophobe Menschen haben jedoch keine Angst vor homosexuellen Menschen, sondern sind ihnen gegenüber feindselig eingestellt.

Homosexuell

Bedeutet, dass sich das sexuelle Interesse vorwiegend auf das eigene Geschlecht konzentriert. Frauen, die sich zu Frauen hingezogen fühlen, werden als lesbisch bezeichnet. Männer, die eine Vorliebe für Männer haben, nennt man schwul. Der Überbegriff gay wird im Englischen für Lesben und Schwule verwendet, in Deutschland beschreibt er eher homosexuelle Männer.

Hunk

Stammt aus dem Niederländischen und meint so viel wie »großes Stück«. Schwuler Stereotyp, steht für junge und muskulöse Typen mit breitem Kreuz.

Inklusion

Beschreibt eine Gesellschaft, in der jeder Mensch akzeptiert wird und dabei selbstbestimmt und gleichberechtigt an ihr teilhaben kann – ganz unabhängig von Geschlecht, Alter, Herkunft, Religion oder Bildung oder sonstigen individuellen Merkmalen. Eine inklusive Gesellschaft zeichnet sich dadurch aus, dass es keine definierte Normalität gibt, die man zu erfüllen hat. Normal ist, dass Unterschiede vorhanden sind.

Intersexuell

Das Vorkommen von männlichen und weiblichen beziehungsweise von intermediären Merkmalen bei ein und demselben Menschen. Betroffene haben also beispielsweise eine Vulva, als auch innenliegende Hoden.

Jock

Steht für homosexuelle Männer, die viel Sport treiben, dazu auf ihr Äußeres achten und deshalb sexuell attraktiv auf andere wirken.

Konsens

Heißt, dass alle Beteiligten allem zustimmen, was beim Sex passiert. Generell gilt: Bei Unsicherheiten lieber nachfragen und auf nonverbale Signale achten. Unterbrechen oder aufhören ist absolut in Ordnung! Nein heißt nein!

Konversionstherapie

Gehört zu einer Gruppe von umstrittenen und heute verbotenen Methoden der Psychotherapie, die die Abnahme homosexueller Neigungen und die Entwicklung heterosexueller Potenziale als Ziel hat.

Lesbisch

Siehe Homosexuell

LGBTQIA*

LGBTQIA* ist eine Abkürzung der englischen Wörter Lesbian, Gay, Bisexual, Transgender, Queer, Intersexual und Asexual. Es ist also eine Abkürzung für lesbische, schwule, bisexuelle, trans, queere, intersexuelle und asexuelle Menschen. Sie werden oft wegen ihrer sexuellen Orientierung oder ihrer Geschlechtsidentität diskriminiert. Das Sternchen steht dabei für weitere Geschlechteridentitäten.

Masc 4 Masc

Ein Satz, den schwule Männer in Dating-Apps benutzen, um zu zeigen, dass sie sich männlich verhalten und andere männlich wirkende Personen suchen. Die Formulierung wird von straight passing Männern benutzt, die ausschließlich Kontakt zu straight passing Männern suchen und somit weibliche oder androgyne Menschen ausschließen.

Misogynie

Bezeichnet die verinnerlichte Einstellung, Frauen seien weniger wert als Männer. Diese Frauenfeindlichkeit beziehungsweise dieser Frauenhass geht nicht immer allein von Männern aus, sondern wird auch von Frauen selbst durch die psychosoziale Entwicklung verinnerlicht. Man spricht dann von internalisierter Misogynie, etwa wenn Frauen Dinge sagen wie: »Ich bin nicht wie andere Frauen.« oder »Ich habe nur männliche Freunde, weil unter Frauen gibt es immer Drama.«

Nichtbinär

Nichtbinär, auch nb, enby oder Enbie, ist eine Sammelbezeichnung für alle Menschen, die sich im zweigeschlechtlichen System nicht repräsentiert sehen. Sie identifizieren sich also weder als männlich noch als weiblich. Wichtig: Nb, enby oder Enbie sind Selbstbezeichnungen und sollten dementsprechend auch nicht als Fremdzuschreibungen verwendet werden. Fragt die Menschen, wie sie gern genannt werden möchten!

Othering

Bezeichnet die Distanzierung von einer Gruppe, deren Eigenschaften oder Bedürfnisse als besonders hervorgehoben werden, um die eigene »Normalität« zu bestätigen.

Pansexuell

Bezeichnet im Gegensatz zur Bisexualität eine sexuelle Orientierung, die sich nicht über die Anziehung für ein bestimmtes Geschlecht definiert. Man kann sich also emotional, romantisch und sexuell zu Menschen jeden Geschlechts hingezogen fühlen und sich in sie verlieben. Meiner Erfahrung nach ist pansexuell mittlerweile ein häufiger benutzter Begriff als bisexuell, da er inklusiver ist.

Passing

Bedeutet, dass eine Person als das Geschlecht gelesen und anerkannt wird, als das sie gelesen und anerkannt werden möchte. Das Passing anderer zu kommentieren, etwa mit »Wow, ich hätte gar nicht gedacht, dass du trans bist«, ist oft als Kompliment gemeint, sollte aber unterlassen werden. Denn trans Personen müssen keine festgelegten Merkmale erfüllen, um als männlich oder weiblich (an)erkannt zu werden.

Paragraf 175 StGB

Im Jahre 1875 eingeführt, stellte der Paragraf 175 StGB jegliche sexuelle Handlung zwischen Männern unter Strafe. Im zweiten Weltkrieg wurde der Paragraf unter Herrschaft der Nationalsozialisten noch verschärft und eine sexuelle Handlung unter Männern mit einer Freiheitsstrafe bis zu sechs Jahren geahndet. Zudem wurde Paragraf 175a eingeführt, nach dem erschwerte Fälle von Homosexualität eine zehnjährige Gefängnisstrafe mit sich bringen konnten. Bis zum Jahre 1994 hatte der Paragraf 175 StGB im wiedervereinigten Deutschland Gültigkeit; danach entfiel auch dieser.

Poppers

Bezeichnung für Schnüffelstoffe, die nach Inhalation einen sofortigen, fünf- bis zehnminütigen Rauschzustand herbeiführen. Wird verwendet, um eine Steigerung der Lust und des sexuellen Verlangens bei gleichzeitiger Hemmungslosigkeit zu erzielen. Die sinkende Schmerzempfindung und muskelentspannende Wirkung erleichtern dem passiven Partner beim Analsex das Eindringen des Penis. In der schriftlichen Konversation und in Profilen auf Sex- und Datingportalen gern mit PP abgekürzt. Im

Gegensatz zu Deutschland ist Poppers in vielen Ländern legal erhältlich. In Onlineshops werden Poppers als »Legal Highs« unter Angabe falscher Verwendungszwecke, wie etwa als »Reinigungsmittel«, »Zimmerduft« oder »Leder-Putzmittel«, angeboten. Ihr Konsum kann Schwindel, Herzrasen, Ruhelosigkeit und andere Nebenwirkungen nach sich ziehen.

Queer
Sammelbegriff für Personen, deren geschlechtliche Identität und sexuelle Orientierung nicht der heteronormativen Norm entspricht. Wird auch verwendet, um Bewegungen und Dinge zu bezeichnen, die mit queeren Menschen in Verbindung stehen.

Queerbating
Bezeichnet die Praxis, Filme oder Serien so zu konstruieren oder zu bewerben, dass der Eindruck entsteht, es handele sich um ein queeres Format. Damit soll nicht nur ein queeres Publikum angezogen, sondern auch vermeintliche Offenheit suggeriert werden. Lässt sich auch bei Unternehmen beobachten, die im Pride Month mit der Regenbogenflagge hausieren.

Regenbogenfahne
Seit gut 40 Jahren das Symbol der queeren Community in aller Welt. Wurde 1978 von Harvey Milk, dem ersten offen schwulen Politiker der USA, in Auftrag gegeben und dann von Künstler und Aktivist Gilbert Baker entworfen. Jede Farbe hat eine Bedeutung: Pink steht für Sexualität, Rot steht für das Leben, Orange für Heilung, Gelb für die Sonne, Grün für Natur, Türkis für die Kunst, Blau für Harmonie und Lila für Spiritualität. Immer öfter findet man international auch eine neue Variante

der Regenbogenfahne, auf der auch die Farben Schwarz und Braun gegen Rassismus hinzugefügt werden. Außerdem gibt es seit 1999 auch die Trans-Pride-Flagge. Deren blaue Streifen stehen für Männlichkeit, die rosafarbenen für Weiblichkeit und der weiße Streifen für nichtbinäre und intergeschlechtliche Menschen sowie die, deren Transition noch nicht vollends abgeschlossen ist.

Schwul
Siehe Homosexuell

Sexismus
Bezeichnet die Diskriminierung aufgrund des Geschlechts. Dadurch, dass wir in einer männlich dominierten Gesellschaft leben, in der (Cis-)Männlichkeit als Norm verstanden wird, zeigt er sich in erster Linie durch eine Abwertung von Frauen, trans Personen und Weiblichkeit im Allgemeinen.

Sichtbarkeit
Sichtbarkeit queerer Menschen und Themen in der Schule, in der Politik, am Arbeitsplatz und in der allgemeinen Öffentlichkeit sorgt dafür, dass Mitglieder der Community sich nicht alleine, sondern als eine*r von vielen fühlen – und kann sie so in ihrer Identität bestärken und ein Coming-out erleichtern.

Straight acting
Steht für eine Auftretensweise von Homosexuellen, die mit heterosexuellem Rollenverhalten assoziiert wird.

TERF
Steht für *trans-exclusionary radical feminist*. TERFs sind der Meinung, dass es nur zwei Geschlechter gibt und diese durch körperliche Merkmale voneinander zu unterscheiden sind. Deshalb weigern sie sich, trans Frauen als Frauen anzusehen und wollen sich dementsprechend auch nicht mit ihnen solidarisieren.

Transgender
Bezeichnet Menschen, deren äußerliche Geschlechtsmerkmale, also das bei der Geburt zugewiesene Geschlecht, nicht mit ihrem sogenannten Identitätsgeschlecht, übereinstimmen. Der Begriff *Transsexualität* ist veraltet, da Transidentät keine Sexualität, also keine sexuelle Orientierung bezeichnet.

Transition
Der Prozess, in dem eine trans Person soziale, körperliche und/oder juristische Änderungen vornimmt, um die eigene Geschlechtsidentität auszudrücken. Dieser Vorgang kann Hormontherapien und Operationen, aber auch Namens- und Personenstandsänderungen, einen anderen Kleidungsstil und weitere Dinge beinhalten.

Transvestit
Person, die durch Tragen gegengeschlechtlicher Kleidung und Accessoires sowie durch Einsatz von Mimik, Gestik, Stimme eine Zugehörigkeit zum anderen Geschlecht erlebt beziehungsweise zum Ausdruck bringt.

Travestie

Eine Kunstform, in der sich Männer als Frauen und andersherum verkleideten. Charakteristisch ist die Überzeichnung von Geschlechterklischees und Stereotypen.

Twink

Bezeichnung für einen jung aussehenden, schlanken Mann mit wenig oder gar keiner Körper- und Gesichtsbehaarung und wenig vermeintlich männlichen Eigenschaften wie etwa Muskeln. Ähnelt damit dem sportlicheren Jock, der zusammen mit dem Bear oder dem Hunk verschiedene Stereotypen der schwulen Szene abbildet.

Vanilla

Beschreibt im weitesten Sinne jede Sexpraktik, die nichts mit Bondage, Sadomaso oder bestimmten Fetischen zu tun hat. Manchmal auch Blümchensex genannt.

Visibility

Siehe Sichtbarkeit

BERATUNGS-STELLEN

Du hast noch weitere Fragen? Hier findest du eine Auflistung wichtiger Beratungsstellen und Kontaktmöglichkeiten.

Antidiskriminierungsstelle
Unabhängige Anlaufstelle für Menschen, die von Diskriminierung betroffen sind.
www.antidiskriminierungsstelle.de

Deutsche Aidshilfe
Alle Informationen rund um HIV, Aids und Geschlechtskrankheiten. Viele kostenlose Materialien und Beratungsangebote.
www.aidshilfe.de

FTM-Portal
Größtes deutschsprachiges Forum von und für trans Männer.
forum.ftm-portal.net

Genderdings

Website für Jugendliche und junge Erwachsene mit Informationen rund um die Themen geschlechtliche und sexuelle Vielfalt sowie zu Hass im Netz und Gegenstrategien.

www.genderdings.de

Intersexuelle Menschen e.V.

Vernetzung, Förderung und Unterstützung von Selbsthilfegruppen für inter* Menschen. Bietet auch Peerberatung, bei der inter* Personen kostenfrei andere Inter* und Eltern von inter* Kindern beraten.

www.im-ev.de

In&Out-Jugendberatung

Beratungsstelle des Jugendnetzwerks Lambda für Jugendliche und junge Erwachsene. Lesbische, schwule, bisexuelle, queere, trans* und genderqueere Jugendliche und junge Erwachsene sowie zwei Psycholog*innen beraten per E-Mail, Chat, Brief, Telefon und in Berlin auch persönlich.

www.comingout.de

Krisenchat

Virtuelles Seelsorge-Portal für junge Menschen, die sich in einer Notsituation befinden – ganz egal, ob Schulstress, Mobbing, Trauer oder andere seelische Belastungen.

www.krisenchat.de

pro familia

Informationen, Bildungs- und Beratungsangebote zu Sexualität, Liebe, Beziehungen und Familienplanung in regionalen Beratungsstellen. Auch Onlineberatung möglich.

www.profamilia.de

Queer Kids

Plattform für Schwule und Lesben mit Kindern zum gemeinsamen Kennenlernen und Aufwachsen. Unterstützt auch mit einer individuellen Kinderwunschberatung und Schwangerschaftsbegleitung Paare bei der Verwirklichung ihres Wunschkindes.

wwww.queerkids.de

Queer Refugees

Vernetzt, unterstützt und berät deutschlandweit LGBTQIA+-Geflüchtete und mit ihnen arbeitende Organisationen.

www.queer-refugees.de

VLSP – Verband für lesbische, schwule, bisexuelle, trans*, intersexuelle und queere Menschen in der Psychologie e.V.

Verband von Fachkräften mit LSBTIQ-Hintergrund, die in psychologischen Tätigkeitsfeldern arbeiten oder sich dafür ausbilden lassen, mit vielen vertrauenswürdigen Informationen zu LGBTQIA*-Themen.

www.vlsp.de

Telefonseelsorge

Beratungs- und Seelsorgeangebot der evangelischen und katholischen Kirche: Deutschlandweit stehen 24 Stunden am Tag Frauen und Männer für ein Gespräch zur Verfügung. Wenn man mag, auch anonym.

www.telefonseelsorge.de

LESELISTE

Beim Schreiben habe ich mich immer wieder inspirieren lassen. Ein paar der Bücher findet ihr in dieser Liste.

Adam Eli – *The New Queer Conscience (Pocket Change Collective)*

Adrienne Maree Brown – *Pleasure Activism*

Alan Dows – *The Velvet Rage*

Alex Iantaffi and Meg-John Barker – *Life Isn't Binary: On Being Both, Beyond, and In-Between.*

Alice Hasters – *Was weiße Menschen nicht über Rassismus hören wollen, aber wissen sollten*

Alok Vaid-Menon – *Beyond the Gender Binary*

Arabelle Sicardi – *Queer Heroes*

Benjamin Melzer – *Endlich Ben: Transgender – Mein Weg vom Mädchen zum Mann*

Chimamanda Ngozi Adichie – *We Should All Be Feminists*

Cliff Leek – *Boy oh Boy*

David Mayonga & Nils Frenzel – *Ein N**** darf nicht neben mir sitzen. Eine deutsche Geschichte*

Emilia Roig – *Why We Matter: Das Ende der Unterdrückung*

Fatma Aydemir & Hengameh Yaghoobifarah – *Eure Heimat ist unser Albtraum*

Jack Urwin – *Boys don't cry: Identität, Gefühl und Männlichkeit*

Jamie Windust – *In Their Shoes: Navigating Non-binary Life*

Jayrôme C. Robinet – *Mein Weg von einer weißen Frau zu einem jungen Mann mit Migrationshintergrund*

Jeannie Gainsburg – *The Savvy Ally: A Guide for Becoming a Skilled LGBTQ+ Advocate*

JJ Bola – *Sei kein Mann: Warum Männlichkeit ein Albtraum für Jungs ist*

Juno Dawson – *How to Be Gay. Alles über Coming-out, Sex, Gender und Liebe*

Kübra Gümüşay – *Sprache und Sein*

Lennart Lindgren – *Du bist nicht allein! LGBTQIA+ Community Handbuch*

Linus Giese – *Ich bin Linus: Wie ich der Mann wurde, der ich schon immer war*

Lydia Meier – *Sex und so – Ein Aufklärungsbuch für alle*

Margarete Stokowski – *Untenrum frei*

Matthew Todd – *The Straight Jackett*

Reni Eddo-Lodge – *Warum ich nicht länger mit Weißen über Hautfarbe spreche*

Riccardo und Anna Simonetti – *Mama, ich bin schwul: Was mein Coming-out für uns bedeutete – Ein Buch über das Anderssein*

Tupoka Ogette – *exit RACISM: rassismuskritisch denken lernen*

Xiuhtezcatl Martinez – *Imaginary Borders*

DANKSAGUNG

Danke an Dirk, dass du mich damals mit ins Frankfurter L.o.f.t. House mitgenommen und mir damit eine komplett neue Welt eröffnet hast.
Keilo, du warst meine erste Vertraute zu Hause und hast mich mit Nini in meinen ersten Jahren nach meinem Coming-out wahnsinnig unterstützt. Und danke fürs Fahren!

Jill! It's like that, that's just the way it is!

Besonders möchte ich mich auch bei Pü, Katy, Puschel und Matt bedanken. Und bei Häusi und André dafür, dass es für euch nie ein Problem war, dass ich auf Jungs stehe.

Busen, Cuntzen und René aka Renate, euch werde ich nie vergessen! Zu euch habe ich aufgeschaut, ihr habt mir gezeigt, wie schön ein freies schwules Leben sein kann.

Marie, danke, dass du mir Jan vorgestellt hast, ohne den dieses Buch nie so toll geworden wäre. Jan, du bist 'ne Wucht! Und an Mary, vergiss nie: Gestohlene Orangen sind süßer als gekaufte!

Danke, Miriam, dass du mit deinem Wissen dieses Buch bereicherst. Und ganz lieben Dank an Alina und Annely und den ganzen EMF-Verlag für die entspannte Zusammenarbeit. Ich weiß eure Freude an diesem Buch und die Begeisterung für queere Themen sehr zu schätzen!

Feli, danke, dass du mich in eine queere Podcast-Jury eingeladen hast – der Beginn unseres gemeinsamen Podcasts »Yvonne & Berner« und einer hoffentlich lebenslangen Freundschaft. Mit dir habe ich zum ersten Mal über Themen gesprochen, über die ich nie gedacht hätte, öffentlich zu sprechen. Und ich habe viel gelernt!

Lars und Mirko, mit »Knall & Tüte« (und Margaritas!) habt ihr dann noch mehr aus mir rausgekitzelt. Manchmal ist es mir immer noch unangenehm, wie offen wir queere und sexuelle Themen besprochen haben, aber die positiven Rückmeldungen stehen für sich. Wir sprechen damit vielen queeren Menschen aus der Seele.

Birthe und Jutta – ihr seid die beiden wichtigsten Frauen in meinem Leben, und das jetzt schon seit 15 beziehungsweise 20 Jahren. Manche Freundschaften sind für immer. Ich bin mir sicher, wir werden auch im nächsten Leben noch zusammen tanzen.

Nicole und Sebastian, danke, dass wir den beruflichen Weg nun schon so lange gemeinsam in dieselbe Richtung gehen. Danke, dass ihr mir immer zur Seite steht! Frank, das gilt auch für dich. Danke, dass du immer für mich und meine Termine kämpfst. Danke an meine Teams von BWM Communications und Actors Connection Agency.

I have to thank my American friends from high school for all the love, especially Reina, James, Stacey, Joe, Jamie and Carey.

Thank you David, for building me up when I was in my worst nightmare. Und an Annique, unsere gemeinsame Zeit in Berlin war mehr als besonders.

Danke an Christy, Asmund, Annette, Sina, Kathrin, Saori und Kadi für die gemeinsame Zeit in Liverpool.

Danke an meine Freund*innen Bärbel, Laura, Stephie, Flo, Christopher, Marie, Gavin, Fergus, Barry, Thomas, Vanessa, Simone, Laura, Jess, Arielle, Paula und alle, die in meinem Herzen sind!

Danke an meine Ex-Freunde Andreas, Volker, Roland, Kai, Moritz und besonders an Mark und Hendrik. Danke für eure Liebe.

Danke an meine Therapeutin Beate, ohne die ich in manchen Momenten meines Lebens verzweifelt wäre.

Danke an meine Schwester Tine, für die meine Sexualität nie eine Rolle gespielt hat.

Danke an meine Eltern Dieter und Gitti, die mich immer in allem unterstützt haben.

Danke, Herta! Danke, Margit! Danke, Oma Bertl! Auch wenn ich jahrelang Angst hatte, mich vor dir zu outen, weil du irgendwann nach seinem Coming-out keinen Patrick Lindner mehr gehört hast.

Danke, Anika, Sarah, Hella, Guido und Hape für eure lieben Worte und euer Vertrauen!

Danke, Dicki, dass du mir immer das Gefühl gegeben hast, dass ich auch als schwuler Mann als Schauspieler und Entertainer erfolgreich sein kann.

Danke, Normi, du gibst mir so viel Kraft, ich kann mit dir lachen und das Leben feiern. Wir sind ein tolles Team!

Ich liebe Euch.

QUELLEN

ENDNOTEN

1 https://dbmobil.de/leute/interviews/jannik-schuemann

2 https://www.lsvd.de/de/ct/1367-Ratgeber-Lesben-und-Schwule-mit-kirchlichem-Arbeitgeber

3 https://www.diw.de/de/diw_01.c.810358.de/publikationen/wochenberichte/2021_06_1/geringere_chancen_auf_ein_gesundes_leben_fuer__lgbtqi_-menschen.html

4 https://www.jaacap.org/article/S0890-8567(18)30057-1/fulltext

5 https://www.lsvd.de/de/ct/2445-Homophobe-Gewalt-Angriffe-auf-Lesben-Schwule-bisexuelle-trans-und-intergeschlechtliche-Menschen-LSBTI#wie-viel-homophob-motivierte-straftaten

6 https://www.diw.de/de/diw_01.c.798165.de/publikationen/wochenberichte/2020_36_1/lgbtqi_-menschen_am_arbeitsmarkt__hoch_gebildet_und_oftmals_diskriminiert.html

7 Vgl. https://www.nadine-primo.com/blog/2019/9/9/faq-offene-beziehungen

8 Ebd.

9 Ebd.

10 https://www.destatis.de/DE/Themen/Gesellschaft-Umwelt/Soziales/Adoptionen/Publikationen/Downloads/adoptionen-5225201207004.pdf?__blob=publicationFile